MÉLISE.

MÉLISE,

ANECDOTE.

A PARIS,

Chez P. GUEFFIER, Imprimeur-Libraire,
rue du Foin, n°. 18;

Et chez DELAUNAY, Libraire, Palais-
Royal, galerie de Bois, n°. 243.

—————

1813.

AVIS DE L'ÉDITEUR.

Le titre d'Anecdote, que l'on donne à ce petit ouvrage, annonce qu'aux noms et au lieu de la scène près, tout ce qu'on y lira est vrai.

L'auteur en tenoit les détails de Mélise, son amie intime, et qui ne lui avoit rien caché de ce qui s'étoit passé dans son ame.

A la finesse des observations, à l'aperçu si délié de ces trépidations fugitives qui, dans certaines occasions, agitent le cœur, il auroit été facile de reconnoître le sexe de l'écrivain, quand même il eût voulu le cacher. Une femme seule est susceptible de cette délicatesse de tact qui lui révèle des sensations dont souvent celui qui les éprouve ne compte pas avec lui-même.

Nous ne parlerons pas du style de cette production, et nous ne dirons rien de plus de son auteur. Le lecteur jugera sans nous du premier; quant à la personne, l'*anonyme* ne lui suffiroit pas, elle aspire au plus parfait *incognito*.

MÉLISE.

Une nombreuse société s'étoit réunie
à la campagne de Mélise, comtesse de
Belleville. A la suite d'un dîner élégant, on jouissoit de la fraîcheur d'une
belle soirée d'été, dans des jardins
charmans. Une aimable liberté succédoit, pour ceux qui désiroient de se
rapprocher, à cette gêne qu'on éprouve
toujours, plus ou moins, dans un
grand dîner, où l'on choisit rarement
ses voisins : les uns parcouroient des
bosquets rians ; d'autres se prome-
noient dans de longues allées, restes
majestueux d'un parc antique. Le
jeune comte d'Hasfeld, séparé depuis
deux mortelles heures de Mélise, qui

à dessein, l'avoit fait placer à table, à dix personnes d'elle, et peut-être à dessein aussi entre la baronne de Courcy, sa vieille tante, et son curé, étoit aux anges de pouvoir se rapprocher de l'être pour lequel il éprouvoit un sentiment vif et vrai. Présenté depuis trois semaines chez Mélise, il avoit éprouvé pour elle, à la première vue, ce mouvement de préférence auquel un homme cède toujours, parce qu'il en espère ou du bonheur ou du plaisir, ou tout au moins une agréable occupation pour son esprit. Il avoit déjà remarqué qu'il pourroit bien plaire un jour à cette jeune veuve si farouche, qui refusoit tous les mariages qu'on lui proposoit; qui dédaignoit l'amour, et qui venoit de quitter Paris pour se fixer à la campagne, afin de se dérober aux empressemens de ses admirateurs. Quelque découragé

que fût le Comte, par tout ce qu'il savoit de Mélise, il se disoit cependant
tout bas, qu'il feroit bien de continuer
à se livrer à ce qu'elle lui inspiroit
d'agréable. Un homme se fait cette
confidence à la première révérence,
au premier regard qu'il obtient d'une
femme. Cependant, d'où venoit l'éloignement de Mélise pour former le
nœud d'un nouvel hyménée ? C'est ce
que le comte d'Hasfeld ne comprenoit
pas ; c'étoit le mystère qui piquoit le
plus sa curiosité.

Mélise n'avoit pas encore vingt ans,
et déjà elle avoit été long-temps malheureuse. Entrant à peine dans son
adolescence, victime d'un hymen mal
assorti, elle avoit vu six belles années
de sa première jeunesse se flétrir près
d'un vieillard cacochyme et grondeur.
Confinée par l'excessive jalousie de son
mari au fond de la Bretagne, elle le

soigna dans la maladie lente dont il mourut, avec ce zèle qui, chez un être vertueux, prend toujours la teinte du sentiment, et elle le pleura sincè- rement. Mélise revint alors à Paris, où le peu de parens qu'elle avoit étoient établis; ce n'étoient, pour la plupart, que des parens éloignés, mais c'étoient toujours des liens; et l'isolement d'af- fections pèse plus que tout autre far- deau sur un cœur véritablement sen- sible. Orpheline dès l'âge de treize ans, elle n'avoit ni su, ni voulu résister aux dernières volontés d'un père qui, à son lit de mort, lui avoit prescrit, en lui laissant une fortune immense, de prendre pour protecteur son meilleur ami, assez âgé pour être son aïeul. La seule consolation de Mélise, pendant son long séjour en province, elle l'avoit trouvée dans l'*amitié* d'un voisin très- lié avec son mari; et ce voisin lui pa-

roissoit le plus vertueux, comme le plus
aimable des hommes. Elle avoit re-
gardé comme une faveur du ciel l'arrivée de cet *ami* dans le voisinage de la
terre qu'elle habitoit ; et celui-ci ayant
conçu le projet de se ménager un cœur
tout neuf, feignit de l'aimer avec ido-
lâtrie. Elle lui plaisoit en effet ; mais
il n'étoit pas susceptible d'un attachement profond, et ne vouloit point de
liens qui le gênassent. Il lui fut aisé,
en plaignant Mélise, en lui prodiguant
les soins touchans d'un vif intérêt dé-
guisé sous le voile de la plus pure
amitié, de s'en faire chérir sincèrement ; mais le cœur de Mélise ne devoit battre que pour le noble, l'intéressant Edouard d'Hasfeld, et c'étoit
à Paris qu'elle devoit rencontrer un
homme venu du fond de la Suède pour
fixer à jamais sa destinée. Dorval, *l'ami*
de Bretagne, croyoit que jamais elle

n'éprouveroit pour aucun autre que
lui un sentiment qu'il se flattoit déjà,
secrètement, de lui avoir inspiré ; et
ces illusions de sa vanité étoient fon-
dées sur la joie marquée avec laquelle
Mélise le voyoit revenir auprès d'elle
lorsqu'il avoit fait un voyage à Paris.
La présence de Dorval rompoit un tête-
à-tête insupportable, elle entendoit de
lui des paroles consolantes, des propos
flatteurs, qu'elle croyoit sincères, et
elle se livroit, dans l'innocence de son
ame, à témoigner une tendre affection
à un homme sans principes, qui mé-
ditoit la ruine des siens. Mélise ne
connoissoit ni le monde, ni les hommes,
et jugeoit leurs intentions d'après la
pureté des siennes.

Cependant Dorval sentoit qu'il se
perdroit auprès d'elle s'il effarouchoit
sa vertu avant de s'être rendu maître
de son cœur. Il commença donc par

l'accoutumer à écouter les protestations d'une tendre amitié; et ce ne fut
qu'après et par degrés qu'il risqua
l'aveu d'une passion malheureuse, ren-
fermée dans son sein, et dont elle étoit
l'objet. Mélise, interdite et muette en
l'écoutant, avoit laissé Dorval inter-
préter son silence d'après le vœu de
son amour-propre.

On pouvoit être plus régulièrement
belle que Mélise, avoir une taille plus
majestueuse, même une tournure plus
remarquable; mais toujours on préféroit Mélise aux femmes qui avoient tous
ces avantages sur elle, parce qu'elle
avoit ce je ne sais quoi d'affectueux,
d'enchanteur dans les manières, qui répandoit sur toute sa personne ce charme
inexplicable de la bonté, qu'on a nommé *grâce*, sans réfléchir que c'est le ré-
sultat physique d'une qualité morale.

J'ai parlé de la personne de Mélise,

je ne dirai rien de son caractère, c'est
en action qu'il se peindra. Je me con-
tenterai de faire observer qu'une amabilité soutenue n'est jamais l'apanage
des méchans. On peut bien amuser,
faire rire avec des épigrammes, des
médisances ; mais il y a toujours dans
ce genre quelque chose d'aigre ou de
sec, qui dénote un mauvais cœur ; et
les grâces fuyent tout ce qui ressemble
à la causticité. C'étoit donc précisément par les qualités que Dorval n'a-
voit pas, que Mélise lui avoit plu,
tant la candeur a de charmes, même
pour ceux qui seroient au désespoir
d'être obligés de parler son langage.
Il trouvoit d'ailleurs piquant de régner
sur un cœur novice, et commode de
dominer un être sans expérience, dont
il pouvoit s'assurer, à ce qu'il croyoit,
la tendresse, sans se donner la peine
de lui consacrer tout son temps, sans

prendre même celle de le tromper.
Assuré de retrouver toujours Mélise
en Bretagne, seule avec son mari, et
n'ayant rien de mieux à faire, en son
absence, que de penser à lui, il lui
paroissoit inutile de lui sacrifier les
plaisirs d'une cité brillante où il pouvoit avoir dix aventures dans l'hiver,
tandis qu'elle le plaindroit d'être forcé
de la quitter pour aller à Paris, et
qu'elle souffriroit du violent chagrin
dans lequel elle l'y croiroit plongé en
son absence. Lorsque Dorval avoit passé
tout l'été et l'automne dans sa petite
terre, il supposoit la nécessité absolue
d'un voyage dans la capitale. Ne pou-
voit-il absolument trouver un prétexte
bien plausible, il mettoit en jeu sa
délicatesse, la crainte des propos. « Que
» penseroit votre mari, » disoit-il à Mélise, « de me voir passer un hiver à la
» campagne? » Dorval savoit bien que le

Comte ne penseroit rien de ce qu'il affectoit de redouter, parce que ce mari, si jaloux, ne l'étoit point de lui. Il l'avoit captivé par ses manières insinuantes, par l'apparence du plus parfait dévouement ; et le vieillard morose étoit la dupe de son extérieur sévère et de sa profonde hypocrisie. Mais aussitôt que la santé du Comte avoit commencé à décliner, une nouvelle perspective s'étoit offerte aux vœux de Dorval ; il mit alors la plus grande suite à s'assurer une conquête qui lui promettoit des biens considérables, car Mélise n'avoit point d'enfans, et il se montra le plus tendre et le plus passionné des hommes. Cette année-là, il passa tout l'hiver à la campagne. Lorsque Mélise fut devenue veuve, il la suivit à Paris. Dans les derniers temps de la maladie de son mari, Mélise n'avoit vu que Dorval et le curé

du lieu. Dorval avoit été pour elle un
consolateur, un appui; arrivés à Paris, il continua à se rendre nécessaire
à la jeune veuve par ses conseils sur
ses affaires, et par sa société pendant
les premiers temps de son deuil, où
elle ne recevoit que ses parens et lui.
Dans ce temps, il avoit, à diverses re-
prises, sondé ses sentimens sur un second mariage, et toujours elle lui
avoit fait de ces réponses évasives que
l'embarras dicte, et que la crainte d'affliger un homme aussi épris qu'elle
croyoit Dorval, lui avoit fait préférer à un refus bien clair et bien for-
mel; et Dorval étoit parti de là pour
prendre avec elle le ton d'un amant
sûr d'obtenir sa main. Les parens de
Mélise crurent Dorval destiné à devenir son époux, et Dorval étoit bien
fait pour alarmer les prétendans à la
main de Mélise.

2.

Il étoit plein d'esprit ; sa figure étoit belle, sa taille noble, sa conversation brillante. Mélise, qui s'en croyoit passionnément aimée, commençoit à penser que le plaisir qu'elle éprouvoit à le voir et à l'entendre, pourroit bien la mener à un sentiment qu'elle ignoroit; et l'habitude de le distinguer depuis long-temps comme ami, fortifia cette erreur d'un cœur qui n'avoit pas encore senti l'amour. Elle pensoit de bonne foi que jamais amant n'avoit aimé avec autant d'ardeur et de franchise que Doryal. Elle le voyoit *tous les jours* un moment ; ce qui lui paroissoit une assiduité parfaite : la quittoit-il pour aller au bal de l'Opéra, au spectacle, ou à une soirée, il avoit toujours *de si bonnes raisons* à lui donner, qu'il n'y avoit pas moyen de lui en vouloir. Au bal de l'Opéra, il alloit chercher dans la foule un homme

dont il ignoroit l'adresse, auquel il
falloit absolument qu'il parlât, et qu'il
avoit le malheur de ne rencontrer
nulle part; au spectacle, il n'y alloit
que pour des raisons particulières, il
ne s'en soucioit point du tout, il avoit
une lettre à remettre à un homme qui
devoit se trouver dans la loge pour
laquelle on lui avoit donné un billet;
à une fête où il avoit promis de ne faire
qu'une courte apparition, il avoit attendu un ami qui devoit lui faire une
réponse touchant l'affaire de son procès,
et cet ami n'étoit arrivé qu'à minuit.
Alloit-il souvent chez une autre femme,
et lui étoit-il impossible de le cacher à
Mélise, cette femme se trouvoit être
un peu sa parente, ou bien il avoit eu
pour camarade de collége son frère ou
son mari. Lorsque l'année du deuil de
Mélise fut écoulée, et qu'elle parut
dans le monde, le rôle de Dorval de-

vint plus aisé d'un côté, et plus difficile de l'autre. Il pouvoit se livrer sans
contrainte à son attrait pour l'amuse-
ment, aller au bal à la suite de Mélise,
au spectacle avec elle, et jouir même
d'un plaisir de son goût, en se montrant en public sous l'aspect toujours flatteur d'un homme préféré par
une femme charmante et digne de
tous les hommages. Mais son assiduité
auprès d'elle n'effrayoit pas tous les
jeunes gens accoutumés à offrir leurs
vœux à une beauté nouvelle qui entre
dans le monde, entourée de tout l'éclat
de la jeunesse, des grâces les plus sé-
duisantes, et d'une fortune considé-
rable. On ne crut pas même qu'il fût
absolument impossible d'éloigner Dorval. Des parens de Mélise, et sur-tout
madame de Courcy qui l'avoit élevée,
et qui ne pouvoit souffrir Dorval, ob-
servèrent à la jeune veuve qu'il pouvoit

bien y avoir dans l'amour d'un homme
sans fortune pour une femme maîtresse
d'un grand bien, quelques motifs d'intérêt; on ouvrit les yeux à Mélise sur la
conduite légère de Dorval, et sur sa
manière leste de l'aimer; enfin on lui fît
entendre qu'elle risquoit sa réputation
en recevant toujours dans l'intimité
d'une société aussi circonscrite que la
sienne, un homme qui se plaisoit à faire
croire par-tout qu'il étoit destiné à
devenir son époux, et se donnoit hautement vis-à-vis d'elle, sans qu'elle-
même s'en aperçût, les airs d'un amant
avoué. Mélise, effrayée, se décida
à quitter Paris pour aller s'établir à
son château de Bois-Fleuri, qui n'en
étoit qu'à trois lieues, avec la bonne
tante, qui depuis un an demeuroit chez
elle, ainsi qu'Adeline et Isaure de Clé-
ranvaux, ses nièces qui la suivirent
aussi à la campagne. Mélise pria tout

ce qu'elle connoissoit de monde à Paris
d'y venir les mardis, et engagea ses
amis à l'y aller voir souvent. Bois-
Fleuri étoit trop près de la capitale
pour qu'elle offrît à personne des ap-
partemens au château; et par ce moyen-
là Dorval se trouva un peu écarté.

Il n'avoit pas d'équipage et n'é-
toit pas assez bien dans ses affaires
pour prendre une voiture tous les jours.
Souvent le temps n'étoit pas assez beau
pour lui permettre d'aller à Bois-Fleuri
à cheval; et arriver crotté et mouillé,
n'est pas un costume fort agréable
pour un amoureux. Il pouvoit se faire
mener, mais rien ne donne d'ailleurs
l'air moins conquérant; il en résulte
sur-tout le désagrément d'être ramené,
de ne pouvoir ni arriver seul, ni rester
le dernier, et d'être souvent obligé de
s'en aller lorsque l'on en a le moins
d'envie. Dorval trouva donc son nou-

veau genre de vie aussi fâcheux pour
ses projets qu'humiliant pour son
amour-propre ; il en prit de l'humeur,
le témoigna souvent à Mélise (car il
passoit rarement quatre jours sans l'aller voir), et lui parut de jour en jour
moins aimable. Plusieurs traits pi-
quans qui lui échappèrent, qu'elle sup-
porta avec douceur, portèrent une at-
teinte sensible à son amitié pour lui.
Dorval qui, avant l'expiration du deuil
de Mélise, n'avoit pas osé lui proposer
ouvertement de lui donner sa main, et
qui depuis ce temps avoit trop bien
prévu les obstacles que lui oppose-
roient les conseils des amis de l'intéressante veuve, fondoit sur l'inexpé-
rience et la candeur de Mélise ses espérances les plus flatteuses ; il se
croyoit sûr de lui persuader que depuis long-temps elle lui avoit donné le
droit de se croire certain d'être un jour

son époux. Mais lorsqu'il la vit s'établir
à Bois-Fleuri, éviter de lui fournir les
occasions de lui parler en particulier,
et le recevoir tous les jours avec un peu
plus de froideur, à mesure qu'il lui
montroit davantage un mécontentè-
ment qui prenoit un caractère d'arro-
gance et de hauteur dont elle étoit
blessée, il ne lui rendit plus de visite où
il ne fît, avec une vivacité maladroite,
une sortie contre les coquettes, en lui
lançant un coup-d'œil significatif. Alors
Mélise rougissoit, et des larmes ve-
noient mouiller ses paupières. Non,
assurément, la pauvre Mélise n'avoit
pas été coquette avec Dorval; elle n'a-
voit jamais songé à vouloir faire sa
conquête; elle l'avoit franchement aimé d'amitié, elle avoit été touchée
de l'amour qu'elle imaginoit lui avoir
inspiré; et si elle crut un instant que
son sentiment pourroit bien être de la

même nature, la seule fois où il lui
avoit parlé de mariage elle avoit senti,
à l'effroi dont l'idée de devenir sa
femme l'avoit saisie, à quel point elle
s'étoit trompée; et si elle ne s'en étoit
pas positivement expliquée, la crainte
seule de l'affliger lui avoit fermé la
bouche. Cette conduite ne seroit peut-
être pas absolument exempte de blâme
dans une femme de plus d'expérience
que Mélise, mais elle est bien excusable dans celle qui, mariée à treize
ans, est restée jusqu'à dix-neuf au fond
d'un vieux château, tête-à-tête avec
un vieux mari.

Cependant Dorval, un peu déjoué
dans ses projets, sentit qu'il blessoit
le cœur de Mélise, qu'il l'aliénoit par
ses reproches, et se décida, pour en
finir, à avoir une explication avec
elle. Un jour où le plus beau temps
du monde lui permit de prendre sa

5

course vers Bois-Fleuri, à cheval[1], il y arriva de bonne heure, obtint de Mélise un entretien qu'il demanda solemnellement. Mais au lieu de solliciter le don de sa main avec cette timidité qui dénote la crainte modeste de ne pas obtenir ce qu'on désire, il fit la gaucherie de la réclamer comme se croyant certain de voir sa proposition acceptée.

Dans un cas pareil, la femme la plus timide trouve du courage dans le sentiment de sa dignité; et Mélise lui témoigna tout son étonnement d'un air fier et blessé, qui lui sauva l'embarras d'une réponse décisive qu'elle prévoyoit devoir être suivie d'un violent orage. Qu'on se rappelle que Mélise n'a que vingt ans. Elle n'évita pourtant pas la scène qu'elle redoutoit; et Dorval se laissant dominer par la fougue de son humeur, fournit à Mélise, par la querelle qu'il lui fit, un moyen de se tirer d'affaire en gardant le plus profond silence. Il lui reprocha alors sa prétendue coquetterie vis-à-vis de lui, commença par lui jurer : qu'il ne l'aimoit plus, qu'il renonçoit à elle, et finit par lui protester qu'elle n'en épouseroit point d'autre que lui, car la colère n'a jamais le sens commun. Ce jour-là Dorval se perdit complétement dans l'esprit de Mélise, en lui laissant cependant la crainte vague de lui avoir donné quelques droits sur elle par sa conduite depuis qu'elle le connoissoit.

Après le départ de Dorval, consternée des reproches qu'elle venoit d'essuyer, Mélise fondit en larmes, et, dans l'innocence de son cœur, crut devoir se promettre de n'épouser ni Dorval, ni aucun autre, ne prévoyant nul bonheur avec un homme du caractère de Dorval, et ne voulant pas

lui faire l'injure de lui préférer quelqu'un. Elle étoit dans cette disposition
d'esprit, lorsque le comte d'Hasfeld lui
fut présenté par son Ambassadeur. Ce
fut dans l'après-dîner du même jour où
Dorval s'étoit montré à elle sous l'aspect si défavorable d'un tyran irrité,
et d'un tyran sans aucun titre pour
jouer ce rôle affreux. Le contraste de
son air et de son ton avec celui du
jeune Suédois étoit frappant. Edouard,
fils de l'ancien ambassadeur de Suède
à Paris, y avoit passé son enfance, et
joignoit à cette aménité qui est le par-
tage des gens de sa nation, tout ce que
l'amabilité française a de séduisant et
de fait pour plaire ; le feu de ses grands
yeux noirs annonçoit de l'esprit et de
la vivacité, et l'on s'apercevoit aisé-
ment que s'il se livroit peu dans le
premier moment, une modestie toujours louable dans un jeune homme

de vingt-cinq ans, étoit la seule cause de sa retenue ; une taille élégante, un port noble, des manieres ouvertes et aisées, répandoient sur toute sa personne un agrément qui prévenoit en sa faveur ; aide-de-camp de l'ambassadeur de Suède qu'il venoit de suivre à Paris, il s'étoit distingué à la guerre, et avoit sur Dorval l'avantage marqué de cette tournure militaire qui donne toujours à un jeune homme quelque chose de chevaleresque, lorsqu'elle s'allie aux formes d'une éducation soignée.

Dorval furieux contre Mélise, imagina de lui donner de la jalousie, moyen pitoyable, et que le bon sens seul suffit pour exclure. Je ne le conseille sur-tout point aux femmes, car il les expose au mépris ; mais c'est une véritable démence, dans un homme qui craint de ne pas être aimé, de

s'imaginer qu'il parviendra à inspirer
de l'amour en feignant de n'aimer pas.

Dorval fut donc trois semaines en-
tières sans donner signe de vie à Mélise ; elle sut que pendant tout ce
temps, bien loin d'être malade de
chagrin comme elle avoit eu *la naï-
veté* de le craindre, il s'étoit jeté à
corps perdu dans le tourbillon du
monde; qu'il étoit gai ; qu'il dansoit ;
qu'il avoit été l'ame de deux parties
de campagne charmantes; qu'il étoit
sans cesse au milieu des plus jolies
femmes de Paris; qu'il paroissoit même
fort occupé d'une jeune beauté citée
pour l'esprit et les agrémens ; et elle
en ressentit le plaisir le plus vrai:
sa conscience se trouvoit à l'aise.
« Dorval pouvoit donc être heureux
» sans elle, et son bon cœur n'avoit
» point à gémir d'avoir causé son
» malheur ! »

Ainsi Dorval manqua précisément son but, parce qu'il employa vis-à-vis d'une femme sensible le manége qui lui avoit souvent réussi pour réveiller l'amour-propre des coquettes. Voyant, cependant, que Mélise ne paroissoit pas s'inquiéter de son absence et de son oubli apparent, il choisit le jour où il savoit qu'elle avoit beaucoup de monde, pour aller à Bois-Fleuri, afin de lui prouver qu'il ne lui faisoit plus que des visites de cérémonie, et affecta une toilette fort négligée, pour faire voir aux autres qu'il avoit toujours *ses grandes entrées* chez elle. Il avoit mis un de ces fracs courts, qui ne sont ni redingote ni habit, et qui vont si mal à un homme d'une taille un peu élevée; il étoit en bottes, avoit un pantalon, un chapeau gris. Le mardi étoit ce qu'on appelle *le jour de Mélise*, et tout le monde y alloit un peu habillé.

Dorval arriva à l'issue du dîner dont nous avons parlé, et cherchant Mélise dans les jardins, précisément du côté où elle n'étoit pas, et retardé dans sa course par toutes les personnes qu'il rencontra, fut près d'une demi-heure à la chercher sans la trouver. Cela avoit donné le temps au jeune Suédois de la joindre, lorsque Dorval apparoissant tout-à-coup à l'entrée d'une allée couverte, arriva précisément pour voir ce charmant jeune homme dont il ignoroit l'existence, assis sur un banc ombragé de lilas, entre Mélise et sa cousine Adeline.

Edouard pouvoit être là aussi bien pour Adeline que pour Mélise; Adeline étoit jolie. Mais rien n'échappe au regard pénétrant de la jalousie, et l'on sait assez que la contenance d'un homme assis entre deux femmes dénote clairement, par la manière dont il

est un peu incliné vers l'une, sans
cependant tourner le dos à l'autre, de
laquelle des deux il est occupé.

Dorval s'approcha de Mélise avec
un trouble et une agitation qu'il s'ef-
forçoit en vain de cacher; il venoit
avec l'espérance de la confondre par
son air indifférent et dégagé; il espéroit jouir de son embarras, et le sien
fut si complet, qu'il donna le temps à
Mélise de se remettre du petit saisis-
sement que lui avoit causé son apparition imprévue. Il balbutia quelques
excuses sur sa toilette négligée : il
avoit, disoit-il, *oublié que c'étoit mardi;*
et comme une idée maligne se présentoit plus naturellement que toute autre
à l'esprit de Dorval, il avoit lancé à
dessein cette phrase, pour apprendre
à l'inconnu dont la vue l'altéroit, qu'il
pouvoit venir chez Mélise d'autres
jours que *les mardis.* Mélise se leva,

n'eut ni le courage de présenter Dorval au comte d'Hasfeld qui lui offrit
son bras, ni celui de nommer le
jeune étranger à Dorval. Celui-ci,
obligé de se contenter d'Adeline pour
compagne de promenade, sut d'elle
tout ce qu'il désiroit savoir sur le
beau cavalier qui marchoit devant
lui, et dont il avoit toute facilité
d'admirer la superbe taille et l'élégante
tournure. Mademoiselle de Cléran-
vaux apprit à Dorval que le comte
d'Hasfeld, présenté depuis près d'un
mois chez sa cousine, y étoit revenu
plusieurs fois depuis, et que tout le
monde dans la maison le trouvoit égale-
ment aimable et bon enfant; on n'est
guère l'un sans l'autre. Aucune expression ne m'a jamais paru plus fausse
que celle de *bonne bête*. Un sot n'est
jamais bon; il est susceptible, com-
prend tout de travers, prend mal les

plaisanteries , même les plus innocentes, et quand il se fâche , il se fâche
comme un sot, sans que rien puisse le
ramener, car la bêtise prend l'enté-
tement pour de la fermeté. L'éloge
qu'Adeline faisoit d'Edouard, désoloit
Dorval; et sa vue ajoutoit au mal que
lui causoit sa réflexion.

« Il étoit venu *plusieurs fois* chez
» Mélise, depuis son imprudente ab-
» sence. » On ne se bornoit donc pas
à ne le recevoir que les mardis. Ce
soupçon épouvantoit Dorval à un tel
point, qu'il n'osoit chercher à l'éclaircir. Les fréquentes visites du jeune
étranger à Bois-Fleuri lui paroissoient
prouver clairement qu'il étoit épris
des charmes de Mélise : puisque Mélise l'avoit souffert , il étoit évident
qu'elle répondoit (au moins dans le
secret de son cœur) à une si dange-
reuse flamme; et venant, au milieu de

ses idées, à jeter tout-à-coup un regard
observateur sur le couple qui le précédoit, quoiqu'il ne le vît que par le
dos, il conclut qu'Hasfeld ne pressant
point le bras de Mélise contre son
cœur, n'avoit pas encore fait l'aveu
de ses sentimens, et que Mélise l'aimoit; car une femme donne le bras à
l'homme qu'elle préfère, même sans
s'en douter, autrement qu'à tout autre
homme. Cette nuance n'échappa point
à Dorval. Arrivé au château, il fit si
bien, qu'il put se placer à côté de Mélise. Il imagina de la plaisanter sur le
charmant Suédois. Mélise rougit pro-
digieusement; Dorval remis de son
trouble, et projetant d'avoir le lendemain avec elle une explication plus
sérieuse, affecta de lui parler à l'o-
reille fort long-temps, et fut enchanté
de voir tous les yeux tournés sur lui,
sur-tout ceux de son rival; enfin il

fit *l'heureux ;* et pour ne point s'exposer à l'humiliation de prendre malgré lui le rôle opposé avant la fin de
la soirée, il disparut après avoir dit à
Mélise en se penchant vers elle, et
assez haut pour être entendu de toute
la société, *à demain.* Il partit la rage
dans le cœur, mais un peu consolé
par l'idée d'avoir porté le trouble et
l'inquiétude dans celui d'Edouard, et
d'avoir fourni à ce jeune homme l'occasion de s'informer de la nature de
ses relations avec Mélise.

Malgré sa grande jeunesse, Mélise
avoit, comme une autre, et peut-être
plus qu'une autre, ses ennemis ; on en
a toujours avec des avantages marqués:
celui d'être chérie de tous ceux qui la
connoissoient comme *excellente personne,* lui eût été plus facilement par-
donné par ses rivales de beauté et de
grâces, si elle n'y avoit joint le mal-

heur d'être distinguée de tous les gens
d'esprit qui la rencontroient, et que
les charmes du sien attiroient chez
elle; et sa réputation de bonté ne laissoit point aux sots la ressource d'em-
ployer contre elle cet argument si
faux qui leur est ordinaire, *elle a bien
de l'esprit,* donc elle est méchante. Pendant l'année de son deuil, des hommes
de lettres, des savans distingués, anciens amis de son mari, avoient été
reçus dans l'intimité de son intérieur,
et c'étoit ce qui avoit excité le plus de
déchaînement contre elle : on l'avoit
accusée de *prétentions au bel esprit.*
Ce genre d'envie m'a toujours paru le
plus singulier de tous, il ressemble à
la jalousie sans amour, car ce sont les
femmes qui détestent le plus les gens
d'esprit et le savoir, qui l'éprouvent
le plus violemment. Je ne parle que
de l'envie des femmes, car celle des

hommes n'est jamais provoquée par les clameurs d'un sexe dont ils sont les chevaliers : ils se plaisent, au contraire, à se laisser séduire par tout ce qu'il a d'aimable et de brillant ; et s'il est des hommes dont la malignité attaque une femme sous ce rapport, ce sont ceux qui, subjugués par une femme méchante, répètent ses propos pour lui plaire. Dorval qui savoit bien tout cela, s'en fioit aux trois quarts de la société qu'il laissoit chez Mélise, pour le peindre au comte d'Hasfeld comme l'homme destiné à devenir son époux, ou comme son amant, ou tout au moins comme un être qui avoit sur elle des droits quelconques ; mais les efforts de la malice ne peuvent rien sur un caractère ouvert et franc. Edouard, étonné de tout ce qu'il avoit vu et entendu, frappé des chuchoteries qui avoient commencé au départ de Dorval, frappé des demi-mots qu'on avoit affecté de dire à moitié bas, tels que : *ce cher Dorval. A la bonne heure ! Il n'est pas si à plaindre....* intrigué de tout ce manége, resta le dernier, et demanda tout simplement à Mélise, lorsque tout le monde fut parti, en riant, et du ton de la bonne amitié, ce que cela signifioit. Mélise respira en voyant qu'on lui ouvroit une voie à une explication qu'elle-même désiroit, et elle assura Edouard qu'à tout autre que lui elle laisseroit croire tout ce qu'il voudroit, mais qu'elle tenoit trop *à son estime,* pour ne pas lui avouer franchement et ses petits torts involontaires envers Dorval, et l'embarras où elle s'étoit mise sans s'en douter vis-à-vis de lui. Pauvre Mélise ! tu fais plus de cas de l'estime d'un jeune homme que tu connois depuis trois semaines, que de celle de

tout un public qui te condamne peut-
être, et que tu ne daignes pas détrom-
per. O Mélise! Mélise! comment ne
reconnois-tu pas l'amour à cette inconséquence! Edouard ne s'y trompa
point : ses yeux, fixés sur ceux de la
jeune veuve pendant le récit qu'elle
lui fit de son histoire, s'animèrent de
l'expression la plus passionnée; elle
crut y voir celle d'un touchant intérêt;
et les regards toujours plus enflammés
du jeune homme portant le trouble
dans son cœur, au moment où elle fut
arrivée à l'aveu des sentimens qu'elle
avoit cru éprouver pour Dorval, elle
dit d'une voix entrecoupée et en hésitant beaucoup : « Je croyois que c'étoit
» peut-être de l'amour; je ne savois pas
» ce que c'étoit que l'amour.—Eh! vous
» êtes sûre, s'écria Edouard, en saisis-
» sant sa main, que vous vous trompiez?
» —Oh! oui, » répondit Mélise avec un

4.

accent si vrai , qu'il valoit le plus tendre aveu. Edouard serra la main de
Mélise avec transport, et Mélise s'écria
involontairement : « Non certainement,
» je ne l'aimois pas ! » Elle rougit,
Edouard tomba à ses pieds : « Ame
» douce et franche, dit-il avec ivresse,
» votre candeur est digne des adorations
» du monde entier. » Mélise ne voyoit
dans ce transport que de l'admiration,
ou plutôt ne voyoit plus rien; incapable
de réfléchir ou de raisonner, éprou-
vant pour la première fois ce charme
divin qui attire vers l'objet aimé, se
sentant tout-à-coup enveloppée de cet
atmosphère enivrant de bonheur et
d'amour, qui, en entourant deux êtres
créés l'un pour l'autre, les sépare
en un instant du reste de l'univers,
Mélise inclina doucement sa tête vers
Edouard toujours à ses pieds ; les plus
douces larmes coulèrent de ses yeux.

et baignèrent le front du jeune homme ;
et sans savoir ce qu'elle faisoit elle lui
tendit la main, en continuant à pleurer. Ému, hors de lui, ivre d'espérance et d'amour, il serra dans
ses bras la femme charmante qui le
souffroit à ses genoux ; il couvrit ses
mains et ses beaux bras des baisers les
plus ardens ; et des mots sans suite
qui échappoient à Edouard, ajoutoient
au désordre d'une ame qui recevoit
pour la première fois les douces impressions d'un sentiment délicieux et
nouveau. Ces mots, que Mélise entendoit confusément, lui sembloient avoir
dans sa bouche une tout autre signi-
fication que dans celle de Dorval. *Être
adorable, je t'aime pour la vie, mon
bonheur dépend de toi seul !* Voilà ce
qu'elle recueilloit de quelques phrases
décousues qu'Édouard lui adressoit
avec un accent toujours plus passionné.

Cependant un moment de silence,
où Édouard paroît attendre une réponse, la rend à elle-même. Effrayée
de tout ce qu'elle a écouté, rougissant
de tout ce qu'elle-même a montré de
sensibilité, honteuse des aveux qu'elle
a entendus et des caresses innocentes
qu'elle a souffertes, elle se relève brusquement, fait relever de même le
jeune homme, cache son visage dans
ses deux mains, et s'enfuit avec la rapidité de l'éclair. Toute cette scène s'étoit
passée dans un cabinet de lecture
qui précédoit le salon où Madame de
Courcy et Mesdemoiselles de Cléran-
vaux étoient restées à broder. Qu'on se
peigne leur surprise en voyant Mélise
accourir au milieu d'elles, rouge, les
yeux baignés de larmes, et s'asseoir
avec l'air de la plus profonde préoc-
cupation sans leur dire un seul mot.
La Baronne ne prenoit jamais garde à

rien de ce qui ne l'intéressoit pas per-
sonnellement, et les jeunes personnes
n'osèrent pas interroger leur cousine.

Mélise étoit venue là sans savoir
pourquoi ni comment. Elle craignoit
vaguement qu'Édouard n'y vînt aussi;
mais malgré son trouble il avoit eu
plus de présence d'esprit que Mélise
et avoit couru au jardin. Mélise alla
plusieurs fois à la fenêtre et vit le
phaéton du Comte dans la cour ; *il
n'étoit donc pas parti* , et cette certitude charmoit son cœur. Cependant
elle trembloit de le revoir. Cette soirée décida aussi du sort d'une autre
femme que nous allons faire connoître
au lecteur. Croira-t-on qu'un jeune
homme distingué, aimable, brave,
loyal, tel, enfin, que j'ai dépeint
Édouard, soit nécessairement, en raison de toutes ces belles qualités, toujours constant en amour, et moins es-

timé lorsqu'il ne l'est pas? Non, assurément; et du moment qu'il n'affecte
pas de se faire un jeu de tromper plusieurs femmes, et qu'on ne le voit
changer de passion que deux fois par
an, il passe encore pour le Céladon
du siècle. Edouard avoit passé l'hiver
à Berlin avec une femme de Paris,
qu'il avoit rencontrée l'été aux eaux de
Pirmont; il avoit formé avec elle une
de ces liaisons où un jeune homme
apporte rarement de l'amour, et où
souvent il a le malheur d'en inspirer.
L'homme le plus honnête est obligé
de prodiguer à la femme qu'il désire,
les mêmes protestations et les mêmes
soins que s'il l'aimoit effectivement,
sans quoi il ne l'obtiendroit pas. Il
est certain que dans l'accent de la passion il y a quelque chose de sensible
et de vrai, que le plus habile comé-
dien ne peut jamais imiter parfaite-

ment; mais avec un auditoire disposé à
recevoir des illusions, son jeu devient
infiniment plus facile. La marquise de
Beaubois y fut prise complètement.
Elle étoit ce qu'on appelle une jolie
femme, sans être ni jolie ni belle : une
taille et une tournure piquantes, quelque chose de vif dans les mouvemens
et de très-gai dans l'expression de la
physionomie, tels étoient les avantages
qui faisoient remarquer la Marquise.
Elle avoit de beaux yeux, et Édouard
ne tarissoit point sur leur éloge; elle
se mettoit avec goût et recherche,
et Édouard s'extasioit sur son élégance. Voilà bien de quoi se croire
adorée : aussi, la Marquise qui, pour
le moment, n'étoit point occupée,
donna son cœur à un jeune homme
qu'elle voyoit depuis quinze jours, en
échange de quelques propos galans,
sans remarquer qu'il ne lui juroit point.

fidélité, qu'il ne formoit aucun plan
pour passer sa vie avec elle ; car
Edouard avoit trop de probité pour
promettre ce qu'il ne prévoyoit pas
devoir tenir. Une liaison formée
aussi légèrement occupa agréablement
Edouard pendant tout l'hiver qu'il passa
à Berlin, et il vit la Marquise retourner en France, avec la même indifférence qu'il éprouva à cet égard, lorsque, deux mois après, l'Ambassadeur
de Suède, à la légation à laquelle il
étoit attaché, quitta Berlin pour aller
à Paris.

Edouard y retrouva la Marquise ;
n'ayant rien de mieux à faire, il continua à lui rendre des soins, mais avec
l'air de la froideur et de l'ennui. L'élan
qu'avoit pris la Marquise, sa tendresse
et ses fureurs jalouses en faisoient une
amante passionnée, et l'élevoient à une
hauteur où Edouard ne pouvoit at-

teindre. Il se trouvoit le plus malheureux des hommes, d'avoir, contre son
attente, inspiré ce qu'il n'éprouvoit
pas. Tous les frais de sensibilité que fait
une femme pour l'homme qui a cessé
de l'aimer, sont absolument perdus ;
il lui en veut de le rendre ingrat ; il
lui en veut de l'ennuyer et de l'em-
barrasser par des démonstrations auxquelles il ne peut répondre, et il
se trouve tous les jours plus excédé
de tout l'amour qu'on lui fait voir.
Edouard, craignant d'être trop cruel
en avouant à la Marquise qu'il ne l'aimoit point assez pour trouver du bonheur dans l'excessif amour qu'elle lui
témoignoit, imagina qu'il étoit *plus
délicat* de la dégoûter de lui, en ne
lui montrant que cette tiédeur de sentiment, plus pénible peut-être pour
celle qui en est l'objet, que l'indifférence, et en ayant toujours l'air, étant

5

chez elle, de désirer être ailleurs. Il y a
pour cela un moyen excellent, c'est de
fixer souvent la pendule, et de tirer à tout
moment sa montre. Lorsqu'Edouard
mettoit en jeu cette manœuvre, la
Marquise pleuroit, ou se jetoit à son
col. Les larmes ne réussissent qu'une
fois quand elles ne réussissent pas pour
toujours. Edouard voyoit-il couler des
pleurs, il boudoit, ou partoit impa-
tienté. Dans l'autre cas, souvent il lui
rendoit ses illusions pour quelques
instans; la Marquise se croyoit aimée
de nouveau et devenoit d'autant plus
insupportable à celui qui ne l'aimoit pas.

Mais ce fut lorsqu'Edouard connut
véritablement l'amour, ce fut lorsqu'il sentit toute l'ardeur d'un sentiment vif pour Mélise, qu'il adoroit
autant pour ses vertus que pour ses
charmes, et dont il espéroit faire la
compagne de sa vie ; ce fut alors

que la Marquise ne lui inspira plus que du dégoût, et qu'il résolut de rompre avec franchise une chaîne aussi fâcheuse que pesante pour un cœur occupé d'un autre objet. Nous avons laissé Edouard dans le jardin de Mélise, et cette intéressante veuve en présence de ses cousines (la tante brodoit et n'étoit occupée que de son ouvrage), qui, ne pouvant rien comprendre à son trouble, cherchoient à en deviner le motif, lorsqu'elles virent entrer Edouard d'un air calme, mais enchanté, et Mélise rougir à sa vue. Edouard lui demanda s'il pouvoit revenir dîner à Bois-Fleury le lendemain, et Mélise répondit en balbutiant : qu'elle étoit obligée d'aller passer trois jours à Paris. L'idée d'y aller, en effet, au moins pour toute la journée du lendemain, venoit de se présenter subite-

ment à son esprit; d'ailleurs, le souvenir de Dorval s'étant offert rapidement à sa pensée; la crainte d'entendre
encore ses reproches et de se trouver
entre Edouard et lui, lui causoit une
frayeur mortelle. La bonne tante de
Courcy, qui ne voyoit ni n'entendoit
jamais rien, s'écria : « Comment donc!
» ma nièce, vous allez à Paris, et
» pour trois jours ? mais je ne vous ai
» pas entendu parler de ce voyage! —
» Ma tante, répondit Mélise, j'ai reçu
» une lettre ce matin, je n'ai pas eu
» le temps de vous en parler. — Vous
» n'avez pas eu le temps, » dit la vieille,
en grognant, « et vous avez passé
» deux heures à vous promener avec
» moi avant dîner ! »

Mélise rougit, Edouard comprit
qu'elle vouloit éviter de le revoir trop
tôt après ce qui venoit de se passer entr'eux; il comprit qu'elle vouloit se con-

sulter avant de donner aux aveux qui lui
étoient échappés, plus de force et d'éten-
due ; et sûr d'être aimé, il prit congé
de Mélise en lui disant qu'il auroit
l'honneur d'aller demander de ses nouvelles à Paris. Mélise fut si troublée
en le saluant, qu'elle laissa tomber
un cahier de musique qu'elle avoit pris
machinalement sur la cheminée ; elle
se baissa pour le ramasser , en même
temps qu'Edouard se précipitant pour
la prévenir, toucha de sa joue le front
de Mélise ; il tressaillit, lui serra la
main en lui rendant le cahier, et Mélise ne sachant plus ce qu'elle disoit, ni
ce qu'elle faisoit, sortit de la chambre
en criant à sa tante : « Je vais au jar-
» din. » Mais au lieu d'en prendre le
chemin, elle s'avança vers la porte par
laquelle Edouard devoit sortir, dans
le moment même où, après avoir
salué madame de Courcy et ses nièces,

il se retournoit pour y passer. Nouveau choc des deux amans, nouvel embarras pour Mélise, qui ayant annoncé qu'elle alloit au jardin, y courut en effet. Edouard se disposoit à l'y suivre, lorsque madame de Courcy lui cria : « Mais voilà qui est aimable !
» voilà comme vous êtes tous ! il en
» vient vingt dîner ici, pas un ne de-
» meure le soir, et nous restons qua-
» tre femmes sans un seul cavalier.
» Ce n'est pas que j'aime la société des
» hommes, Monsieur ; on sait que j'ai
» toute ma vie vécu au couvent et que
» j'en ai par conséquent fort peu vu ;
» mais au couvent nous sommes toutes
» accoutumées à n'être qu'entre nous,
» au lieu qu'ici je suis avec trois
» belles dames qui ont une humeur
» de *chien* quand nous sommes seu-
» les. — Ah ! ma tante, » s'écria Adèle !
» —Allons donc, ma nièce, » reprit la

Baronne : » Je sais ce que je dis , et si
» ce bon jeune homme vouloit achever
» avec nous la journée, je suis sûre
» que nous en serions toutes plus gaies. »
Edouard s'étoit arrêté avec une palpitation de cœur, en écoutant ce bavar-
dage qui lui paroissoit délicieux , et il
assura la vieille Dame que la crainte
seule d'être importun l'avoit déter-
miné à se retirer ; mais que, puisqu'il
lui étoit permis de rester, il étoit
trop heureux de leur consacrer sa soirée. « Voilà qui est bien, dit la Ba-
», ronne , nous allons faire un tri ,
» Isaure, vous et moi ; Adèle causera
» avec Mélise , et nous aurons du plai-
» sir. »

Le pauvre Edouard sentit qu'il
pouvoit retirer de ce tri l'avantage
d'être souvent nécessaire à l'Abbesse,
et de voir assidûment Mélise ; mais
il l'enchaînoit aussi à une malheureuse

table de jeu. Cependant, enchanté d'a-
voir pu rester, il étoit si content de la
bonne femme à qui il devoit ce bonheur inespéré, qu'il ne trouva point
trop maussade de jouer avec elle,
et fut d'une amabilité et d'une humeur
charmantes. On étoit au quatrième
tour, lorsque Mélise entra; en apercevant Edouard, elle fit un cri qui alla
droit au cœur du jeune homme; il
sourit et lui dit : « Vous êtes bien
» étonnée, Madame... » La tante, qui
lui coupa la parole, expliqua longue-
ment comment Edouard étoit resté,
à sa prière, et Mélise s'écria, en se
couvrant le visage de ses deux mains :
« Ah, mon Dieu! et le bal de l'Am-
» bassadeur de Suède ! — Eh bien? dit
» madame de Courcy. — Et Monsieur
» qui n'y sera pas, reprit Mélise, en
» baissant les yeux. — Eh bien, qu'est-
» ce que cela vous fait? dit la tante

d'un ton aigre ; « en vérité, Madame,
» je ne vous ai jamais vue comme
» aujourd'hui; vous avez l'air tout-à-
» fait singulier, si vous me permettez
» de vous le dire. Je vous demande,
» mes nièces, » continua-t-elle, en
s'adressant à mesdemoiselles de Cléran-
vaux, « si on ne diroit pas que votre
» cousine est au désespoir de ce que
» Monsieur ne va pas à ce bal, et
» qu'il en arrivera quelque grand
» malheur ? » Les cousines sourirent;
elles avoient très-bien compris que
Mélise craignoit qu'on ne remarquât
à ce bal l'absence d'Edouard et qu'on
ne la lui attribuât.

Mélise, pour faire taire sa tante,
fut l'embrasser en riant. Edouard
contemploit Mélise avec ravissement,
et lui avoit souri d'un air reconnois-
sant, pendant la harangue de la Baronne. Le tri fini, la vieille prétendit

que la soirée étoit fraîche, et fit faire
un peu de feu. Mélise dit qu'elle
étouffoit de chaud, et fut s'asseoir à
l'autre bout du salon. Edouard assura
aussi qu'il faisoit auprès de la cheminée une chaleur à mourir; et les bonnes
cousines, qui aimoient tendrement la
parente dont le toît hospitalier leur
servoit d'asile, se résignèrent à se griller
auprès de la tante pour lui tenir com-
pagnie, afin de laisser à Mélise une liberté dont elles se doutoient bien qu'elle
seroit fort aise de profiter pour causer
avec un homme qu'elles voyoient l'intéresser vivement. Elles mirent la
tante en train de conter; et quoique la
conversation devînt générale de temps
en temps, et que Mélise et Edouard
y mêlassent parfois quelques mots, Mélise n'écoutoit qu'Edouard; et Edouard
ne voyoit et n'entendoit que Mélise.
« Vraiment, » dit cette dernière sans

lever les yeux de dessus le schall
qu'elle brodoit, « je crains que Dorval,
» en ne vous voyant pas à ce bal, ne
» tienne quelques propos. — Eh bien,
» répondit Edouard, il dira que je suis
» resté ici ; on sait que vous y avez
» votre tante et vos cousines. Il dira
» que je vous aime, seriez-vous désolée
» qu'on le crût ?... — Mais », dit-elle,
en hésitant... « On dira peut-être que
» si vous me souffrez ici, j'ai le bon-
» heur de vous plaire, » reprit Edouard.
« O Dieu ! » s'écria Mélise, en joignant
les mains. « O Dieu ! » répéta Edouard
en serrant ses deux mains dans les
siennes ! « croyez-moi, ma divine amie,
» laissez dire et penser ce qu'on vou-
» dra : vous êtes libre, moi aussi ; mon
» nom et ma naissance sont connus,
» pourquoi formeroit-on des soupçons
» injurieux contre une veuve dont
» la main peut devenir le prix de

» l'amour ?... » Il s'arrêta, comme
effrayé d'avoir déjà été si loin. Mélise
le regarda avec des yeux pleins d'a-
mour et de reconnoissance, et lui dit
tout-à-coup: « Parlons d'autre chose.»
« Pourquoi? » demanda Edouard bien
bas, en se rapprochant de son métier?
« Je ne sais pas, » dit Mélise, « je suis
» si troublée, tout cela est si extraor-
» dinaire ! » Edouard, enchanté de
cette ame si vraie et si douce, ne voulut pas trop augmenter le désordre
qu'il venoit d'y jeter; mais il aimoit
véritablement, et tous les petits mots
qu'il adressa à l'être charmant qu'il
adoroit, tout insignifians qu'ils fussent
pour des indifférens, remplissoient le
cœur de Mélise de la plus douce émo-
tion; elle croyoit respirer un autre air.
Ce cabinet qui lui avoit souvent paru
bien triste, étoit maintenant pour elle
un lieu de délices, un temple que l'a-

mour venoit de consacrer; elle aspiroit
le bonheur avec chaque syllabe qui
sortoit de la bouche d'Edouard, et cette
ivresse se prolongea bien après le départ du jeune homme. La tante et les
cousines de Mélise soupèrent, Edouard
et Mélise se mirent à table et ne man-
gèrent point. La Baronne s'inquiéta de
la santé de sa nièce, et lui fit à ce sujet
mille questions et autant de remarques
qui la faisoient rougir; et la vieille alors
lui crioit : « Vous avez sûrement de la
» fièvre, vous avez le visage tout en feu;
» voulez-vous que ce bon jeune homme
» nous envoye un médecin ?» Puis elle
finit par dire : « Si vous êtes comme cela
» demain matin, assurément vous
» n'irez point à Paris, je ne vous lais-
» serai point commettre une pareille
» imprudence. » Mélise ayant refusé
l'offre du médecin, Edouard prit congé
en disant que le lendemain, dans tous les

cas, il viendroit savoir, dans la matinée,
des nouvelles de l'indisposition dont
madame la Baronne lui paroissoit justement alarmée; et Mélise, au lieu de monter dans sa chambre comme à l'ordinaire, en même temps que ses parentes
quittèrent le cabinet de lecture, leur dit:
qu'elle vouloit lire avant de se cou-
cher, et y passa la moitié de la nuit.
Elle s'assit successivement sur toutes
les chaises qu'Edouard avoit occupées;
remplie de son image, vainement elle
voulut raisonner avec elle-même, elle
ne put jamais rassembler ses idées.
Une seule la frappoit uniquement :
Edouard m'aime. Ces mots errans sans
cesse dans sa pensée, s'échappoient
malgré elle de sa bouche; une douce
langueur succédoit aux vives émotions qu'elle avoit éprouvées dans
cette journée. Elle ouvrit la fenêtre et
crut respirer un air plus pur ; elle

voyoit, à la pâle clarté d'un foible cré-
puscule, les arbres de son jardin pro-
jeter des masses d'ombre dont l'effet
la frappa pour la première fois; l'o-
deur du chevrefeuille et du seringua
arrivant jusqu'à elle avec l'air frais
d'une belle nuit d'été, sa rêverie en devint plus délicieuse; enfin succombant
au sommeil, elle remonta dans sa chambre, où d'aimables songes prolon-
gèrent les charmes de sa situation, et,
sans troubler son repos, l'embellirent
par les plus flatteuses illusions. Elle
s'éveilla pour sentir qu'elle étoit heureuse et que son bonheur n'étoit pas
un rêve. Est-il rien de ravissant comme
le réveil qui nous rend à la félicité !
C'est peut-être la jouissance la plus vive
que l'ame puisse éprouver....

Mélise goûta cet éclair de bonheur
en ouvrant les yeux après une nuit
paisible; mais le nom de Dorval que

prononça la Baronne, déjà au chevet
de son lit pour savoir des nouvelles
de son incommodité supposée ; la
rendit si soudainement à des idées
pénibles, que ce passage rapide d'une
sensation charmante à l'oppression du
cœur la plus douloureuse, la fit pâ-
lir, et à un tel point, qu'une partie
des causes de cette altération n'échappa point à sa vieille tante, qui connoissoit les prétentions de Dorval. Il
venoit d'arriver, il comptoit déjeûner
avec Mélise, et Mélise se soumit à
ce supplice.

Edouard revenu la veille à Paris,
le cœur et l'esprit pleins de Mélise,
avoit trouvé sur son bureau, en entrant
dans sa chambre, une lettre de la
Marquise. La vue de son écriture le
frappa d'une manière désagréable ;
elle lui rappela brusquement un être
qu'il avoit totalement oublié, et il lut

avec humeur et ennui les plus tendres
reproches exprimés avec toute la chaleur d'un sentiment irrité. Ce mélange de délire et d'amour, loin de
lui causer des remords, le rendit furieux contre une femme à laquelle
il n'avoit jamais songé à accorder des
droits assez prononcés sur son cœur
pour qu'elle imaginât pouvoir le
posséder à jamais, et il se décida
à ne point lui faire de réponse. La
Marquise étonnée de ce nouveau manque d'égards, envoya sur-le-champ
savoir si Edouard qui n'avoit point
paru au bal de l'Ambassadeur, étoit
à Paris ; la réponse qu'on lui fit la
transporta de colère. Il avoit donc
reçu son billet ! il dédaignoit donc
d'y répondre ! et dans l'instant elle
traça avec cette rapidité d'un premier
mouvement qu'il seroit toujours si
prudent de réprimer, une sommation
6

formelle à Edouard de se rendre chez
elle dans la matinée. Pour s'en dé-
barrasser il y courut; fortement con-
trarié de ne pouvoir aller, au lieu de
cela, tout de suite, à Bois-Fleury,
où Dorval arriva dans le moment
qu'Edouard entroit chez la Marquise.
Cette dernière avoit négligé dans son
agitation, de donner à ses charmes,
assez peu intéressans par eux-mêmes,
l'éclat qu'ils empruntoient toujours
avec succès de sa toilette et de toutes
les recherches de la mode; rarement
elle recevoit son amant le matin; et
alors un demi-jour faisoit attribuer
à l'ombre qui régnoit dans son appartement, le peu de fraîcheur de son
teint. Ce jour-là les rideaux étoient
ouverts, elle parcouroit sa chambre
à grands pas; et pâle, échevelée, ses
vêtemens en désordre, et la rage peinte
dans tous les traits, elle frappa telle-

ment Edouard par son peu de beauté, qu'il s'arrêta immobile de surprise en entrant chez elle. On ne trouve jamais jolie la femme qu'on n'aime plus; mais lorsqu'on la voit défigurée par le courroux et par l'oubli de tout le prestige dont elle avoit l'attention de s'entourer, elle n'inspire plus le moindre intérêt. Un homme, d'ailleurs, qui n'est ni *séduit*, ni touché, n'éprouve aucune de ces sensations qui ôtent le courage d'affliger et modèrent naturellement le son de sa voix, lors même qu'il veut exprimer du mécontentement. Si Edouard eût trouvé la Marquise en larmes, s'il l'eût vue plongée dans une douleur tranquille, son bon cœur lui eût fait éprouver un vif regret de causer sa peine, et son aspect l'auroit infailliblement attendri. Tout cela lui étoit déjà arrivé plusieurs fois; mais ici, sa sensibilité ne fut

nullement affectée; il lui demanda
d'un ton sec ce qu'elle lui vouloit.
« Ce que je veux! » s'écria-t-elle du
son de voix le plus aigre. « Où avez-
» vous passé la soirée d'hier, ingrat? »
Cette question, dans la bouche d'une
femme qui avoit autant d'usage que
la Marquise, prouvoit assez qu'elle
avoit absolument perdu la tête, et mes
lecteurs devinent déjà qu'Edouard dut
lui répondre : qu'il n'avoit point de
compte à rendre, et qu'il n'étoit point
un enfant qui ne pût aller où il lui
plaisoit, sans permission. La Marquise
se récria sur la dureté de cette ré-
partie, et après un torrent de reproches elle finit par dire: que le public à présent savoit aussi bien qu'elle-
même combien on la négligeoit et
avec quel mépris elle étoit traitée.
Nouvelle gaucherie ! « Ah! c'est *donc*
» l'amour-propre seul, Madame, qui

» vous a fait, hier, regretter mon ab-
» sence? » lui dit-il; « en ce cas, vous
» me pardonnerez de n'être pas très-
» touché de votre douleur. » Oh! comment un mot comme celui-là ne rend-il
pas à l'honneur la femme à laquelle on
l'adresse! Comment son amour-propre,
qui devroit être si cruellement blessé
par l'opinion qu'a d'elle le public
qui lui connoît un amant, loin d'être
révolté, se trouve-t-il, par une erreur
de son imagination, compromis par
la pensée que ce lien coupable n'existe
plus! Etrange bouleversement d'idées,
qui fait attacher de la gloire où il n'y
a réellement que de l'opprobre et de
l'humiliation !

Après une scène trop peu faite
pour être mise sous les yeux du lecteur, où la Marquise porta l'oubli
de toute bienséance au-delà de ce que
la passion la plus vive peut faire ex-

cuser d'extravagant, en faisant succé-
der les prières aux larmes, et les reproches les plus amers aux mots les
plus caressans ; où Edouard attendri
par moment et presque toujours im-
patienté, s'excusa, mais sans protestations mensongères, et pourtant sans
lui dire crûment la vérité et rompre
tout-à-fait ; après, dis-je, la fatigue de
cette scène bizarre, et pour la terminer,
il aima mieux acheter la liberté d'aller
à la campagne de Mélise, par une
paix limitée, où il usa des droits qu'il
venoit de conquérir sur le cœur de la
Marquise, en lui en dictant les con-
ditions. Une de celles qu'il imposa
avec la volonté la plus décidée de
la faire accepter, fut : de ne jamais
s'informer de ce qu'il feroit. Il pensa
que si cette loi paroissoit trop dure
à subir, on le mettroit à la *porte*,
et c'étoit ce qu'il désiroit. Une des

choses qui peut le plus justifier
Edouard de son manque absolu de franchise avec la Marquise, c'est l'idée où
il étoit que jamais un honnête homme
ne devoit quitter une femme, et il
soupiroit ardemment après le bonheur d'être quitté. Ce malheureux entretien avec la Marquise avoit duré
pendant trois mortelles heures, qui
furent pour Edouard autant de siècles;
plusieurs fois il avoit été vers la porte,
deux fois même il s'étoit trouvé dans
l'antichambre, mais toujours la Marquise l'avoit ou suivi, ou appelé, ou
ramené; enfin il s'échappa, monta à
cheval et courut à Bois-Fleury. La
Marquise se mit à sa toilette, demanda
son élégant phaéton, couvrit d'un
long voile son visage altéré par les
passions diverses qui l'avoient agité, et
sillonné des traces de ses larmes, fut
chercher une de ses amies, et courut

faire admirer au bois de Boulogne ses beaux chevaux, l'élégance de sa taille, et sa redingote de velours lapis; elle eut grand soin de cacher sa figure. Ce trait peut faire juger la Marquise: à sa place, une femme tendre fût restée chez elle à pleurer. « Peut-» être, dira-t-on, elle pensoit trou-» ver Edouard au rendez-vous de » tous les élégans; » mais en cela même elle voyoit mal. Pouvoit-elle supposer qu'Edouard eût des remords d'avoir affligé une femme qu'il alloit voir avec le projet de briller un quart-d'heure après avoir été au désespoir!

Une scène d'un autre genre se pas-soit à Bois-Fleury pendant celle de la Marquise avec Edouard. Dorval, après avoir fait, la veille, l'avantageux, ainsi que nous l'avons vu, réfléchit sérieu-sement, chez lui, à la conduite qu'il devoit tenir pour ne point laisser échapper la fortune de Mélise. Il connoissoit trop bien les femmes pour ignorer à quel point les fureurs d'un homme qu'on n'aime pas le rendent odieux dès qu'on en aime un autre; il avoit, d'ailleurs, une assez grande habitude du caractère de Mélise, pour ne pas être sûr de l'intéresser en paroissant malheureux. Il arriva donc à Bois-Fleury avec une contenance triste et timide, il s'approcha d'elle d'un air respectueux, lui parla du ton le plus doux; et après un moment de conversation générale, il la pria de passer dans son cabinet de lecture et de lui accorder un moment d'entretien. Moitié embarras, moitié désir de lui déclarer son projet de rester veuve (projet qu'elle croyoit vouloir effectuer malgré le trouble de son ame), elle consentit à suivre Dorval dans son cabinet, après avoir demandé les chevaux

et déclaré à sa tante : que dans une demi-heure elle partiroit pour Paris.
C'étoit fixer d'une manière trop précise
les bornes de l'entretien qu'elle accordoit, pour que Dorval pût se flatter de
quelque bonne disposition à son égard;
mais il espéroit obtenir du manége ce
qu'il voyoit bien ne pas devoir obtenir du cœur. Il joua son rôle dans la
plus grande perfection. « Je ne veux
» rien vous reprocher, » dit-il à Mélise en lui prenant la main , « j'avois
» eu le bonheur de vous plaire un
» moment , je ne vous plais plus ; je
» ne dois m'en plaindre qu'à la fata-
» lité de ma destinée, qui ne m'a ja-
» mais fait entrevoir le bonheur que
» pour m'en priver quand j'espérois
» en jouir. Sans être fat, j'ai pu me
» flatter, il y a deux ans, il y a six
» mois encore , de vous avoir inspiré
» quelqu'intérêt.... Ne le niez pas, »

s'écria-t-il en lui voyant faire un geste
qui lui faisoit craindre une dénéga-
tion, « alors vous n'aviez auprès de
» vous que votre mari et moi, et je
» pouvois gagner à la comparaison;
» depuis, vous avez vu des gens plus
» aimables que je ne le suis, on m'a nui
» dans votre esprit en prêtant à mes
» vues des motifs indignes de vous
» et de moi, et dont assurément votre
» ame grande et noble ne m'eût jamais
» soupçonné ; à votre âge, il est par-
» donnable de croire le mal que des
» ennemis vous disent de vos amis,
» je ne vous en veux donc en aucune
» façon d'avoir adopté leurs fausses
» idées sur mon compte. » Ici, après
avoir eu l'air d'hésiter, il continua:
« Mais je vous en veux encore moins
» de me préférer un jeune homme
» charmant..... Ne rougissez pas,
» Mélise, vous préférez Hasfeld à

» tous les hommes. Il feint de vous
» aimer; » (Mélise pâlit.) « je dis
» qu'il feint, parce que sa liaison avec
» la marquise de Beau-Bois, com-
» mencée à Berlin, continuée à Paris,
» où elle est revenue pour lui, est
» un fait connu de tout le monde et que
» vous seule ignorez; l'amitié doit
» vous éclairer, car vous me permet-
» trez d'être toujours votre ami, »
dit-il avec un accent plus tendre et avec
des yeux pleins de larmes. Mélise
trop saisie pour proférer un seul mot,
inclina doucement sa tête, et Dorval
continua : « Cependant il se peut
» qu'Hasfeld vous aime, peut-être
» il vous sacrifiera la Marquise; dans
» ce cas, si vous pouvez être heureuse
» avec lui, oubliez qu'il existe un in-
» fortuné qui ira loin de vous traî-
» ner sa douleur et faire des vœux
» pour votre félicité; pardonnez-moi,

» ma sensible amie, la querelle que je
» vous ai faite l'autre jour, ne l'attri-
» buez qu'à la violence de mon amour;
» mais soyez sûre que cet amour, par
» son excès même, est capable des plus
» pénibles privations, et que, du mo-
» ment où j'ai vu que vous en aimiez
» un autre, je n'ai plus songé qu'à votre
» bonheur, indépendamment du mien.
» Promettez-moi seulement de me re-
» garder comme votre ami, et de m'an-
» noncer avec franchise votre mariage
» avec Hasfeld, lorsque vous vous serez
» décidée à lui accorder votre main:
» alors je fuirai des lieux où je n'au-
» rois pas le courage de rester pour être
» temoin... » Ici les sanglots parurent
lui couper la voix. Mélise se mit aussi à
pleurer amèrement, et Dorval se jeta à
ses pieds pour lui renouveler le ser-
ment de ne se permettre aucune plainte,
aucun murmure. Mais ce mouvement

fut défavorable à Dorval, en rappelant à Mélise Hasfeld, la veille à ses
pieds, à la même place, dans le même
cabinet ; et elle s'écria en repoussant
Dorval qui lui baisoit les mains :
« Quelle horreur ! » Ce mot le frappa
du plus profond étonnement. « Quelle
horreur ! » répéta-t-il...... « Quelle
» étrange réponse aux protestations
» les plus généreuses et les plus dé-
» sintéressées ! » Il alloit en demander
l'explication , mais en ce moment
Edouard se précipita dans le cabinet,
avec l'air du plus tendre empresse-
ment ; il y entra par la porte du jardin,
en bottes, un fouet à la main, ses beaux
cheveux en désordre, le teint animé
des vives couleurs que lui avoient
données la rapidité de sa course et les
émotions de son cœur ; jamais il n'a-
voit paru si bien à Mélise. Il avoit fait la
route en quarante-cinq minutes au plus

grand galop de son excellent cheval,
pour trouver Dorval aux genoux de
Mélise en larmes. Tous deux se levè-
rent, Mélise en jetant un cri de surprise et de joie; mais son second mouvement peignit le mécontentement; et
se rappelant ce que Dorval lui avoit
appris des liaisons d'Hasfeld avec la
Marquise, elle le salua d'un air froid
qui n'échappa point à Dorval et porta
secrètement la joie dans son ame. Il
n'y parut cependant pas à sa physionomie, et il suivit Mélise, qui retourna
dans le salon où l'on avoit déjeûné,
après avoir fait quelques politesses à
Edouard. Celui-ci frappé à la première
vue d'une scène à laquelle il ne s'étoit
pas attendu, avoit pensé sur-le-champ
que Mélise venoit de rompre définitivement avec Dorval, et qu'il prenoit
congé d'elle en amant malheureux et
soumis; il attribua la froideur avec

laquelle Mélise l'avoit reçu, à l'embarras et à la crainte d'affliger Dorval
en accueillant tendrement devant lui
l'homme que probablement elle étoit
convenue lui préférer, et il entra au
salon assez embarrassé lui-même de
sa contenance. Dorval, de son côté,
ne s'étoit nullement attendu à voir
Hasfeld chez Mélise, le matin. Quoiqu'il ne sût que trop combien le
jeune étranger y venoit souvent, il
étoit bien éloigné de croire qu'il fût
déjà auprès d'elle sur un pied assez
familier pour s'y présenter deux jours
de suite, et aux heures consacrées
aux amis intimes; de sorte que l'apparition du jeune homme dans le cabinet où il se croyoit si sûr de n'être
point interrompu au milieu de ses
pathétiques assurances de renoncer à
ses projets, afin de les mieux faire
réussir, avoit été pour lui un coup de

foudre ; mais l'avantage d'avoir été surpris par Edouard aux pieds de Mélise lui paroissoit de nature à le mettre dans la meilleure posture.

Il venoit de semer les soupçons dans l'ame de Mélise , de l'attendrir par *la générosité* de ses sentimens; il n'y avoit que son exclamation *quelle horreur!* qui répandoit un léger nuage sur l'aurore de bonheur qu'il croyoit voir luire pour lui ; mais il attribua cette exclamation à l'extrême modestie de Mélise , et aux alarmes d'une pudeur enfantine; car un fat sait toujours trouver dans son amour-propre une interprétation satisfaisante au même événement où l'homme modeste trouveroit peut-être un sujet d'alarmes. De sorte que Dorval prit, en entrant au salon , un air dégagé , et presque conquérant , qui contrastoit singulièrement avec la contenance embarrassée d'Hasfeld. Ce dernier, incapable de douter de l'être naïf qui la veille lui avoit découvert une ame si franche et si belle, devina une partie de la vérité, et crut que Dorval vouloit affecter à ses yeux une assurance et une gaieté qu'il n'avoit véritablement pas. Il ignoroit qu'il fût instruit de ses relations avec la Marquise, qui n'étoient pas si connues du public que Dorval l'avoit affirmé à Mélise, et qui même l'étoient à peine à Paris, où Hasfeld ne faisoit que d'arriver, et où ces choses-là se savent fort peu, à moins qu'elles ne tiennent à quelque personnage extrêmement marquant. Il étoit donc bien loin d'imaginer qu'il eût pu en instruire Mélise. Mais, la veille, Dorval, *malgré ses chagrins*, avoit été au bal de l'ambassadeur de Suède ; c'étoit la seule fête où l'absence du jeune homme pût être remarquée. Elle l'eût été

même ailleurs par Dorval et par la
Marquise. Mais plusieurs Suédois, et
l'Ambassadeur lui-même, s'inquiétant
de ne pas le voir arriver, l'Ambassadeur disant à toutes les dames que
son meilleur danseur n'étoit point
encore à son bal, qu'il comptoit sur
lui pour l'animer, l'attention se réveilla
au sujet du jeune Comte, et on en
parla dans tous les coins de la salle. La
Marquise, qui avoit bien compté le
rencontrer, s'étoit parée de tous ses
atours; elle avoit caché avec art une
partie de son visage, au moyen d'une
de ces coiffures qu'elle avoit inventées:
une guirlande de pampre qui couvroit
tout son front, des boucles tombant
irrégulièrement jusque sur ses joues,
et au travers desquelles on voyoit
briller ses beaux yeux, ne montroient
de sa figure que ce qu'elle avoit de
mieux; et les contours de sa taille

élancée , artistement dessinés par les plis d'une tunique, attiroient les regards et les éloges. Lorsqu'elle dansoit, elle avoit assez la tournure de ces danseuses d'Herculanum , dont les dessins gracieux ont passé jusqu'à nous au travers de la ruine des arts.

Après une walse très-vive, danse dans laquelle la Marquise affectoit cette pose, sans doute idéale, que les peintres ont donnée aux danseuses de l'antiquité dans leurs tableaux, projetant de tout son corps une courbe assurément très - fatigante , elle se trouva à côté de Dorval, que ce singulier genre avoit frappé comme une nouveauté piquante : il lui adressa quelques complimens. La Marquise ne manquoit jamais d'accueillir cette espèce de propos du plus doux sourire, et il alloit s'engager entr'elle et Dorval, quoiqu'ils ne se connussent point, un entretien qui sûrement leur auroit fait oublier à tous deux, pour quelques instans, leurs peines secrètes, lorsque ce souvenir fut tout-à-coup réveillé en eux, à l'instant précisément où ils commençoient à s'en distraire. Un Suédois d'un certain âge passa auprès de la Marquise, et dit assez haut, en parlant à un de ses compatriotes : « Il » est inconcevable qu'Hasfeld ne soit » pas ici. » Et en effet l'amour avoit fait faire là une forte étourderie au jeune homme. Alors la Marquise cessa d'é- couter Dorval, et prêta l'oreille à la conversation qui suivit la remarque du vieux Suédois. « Il est vrai ; » ré- pondit celui auquel il s'étoit adressé ; « mais Dieu sait ce qu'Edouard de- » vient depuis quelque temps : il fait » de longues courses, il passe des » journées hors de Paris, il revient » avec des chevaux fatigués. On dit

» qu'on l'a vu à la campagne d'une
» femme aussi aimable que belle. — A
» la bonne heure, reprit le vieillard, je
» craignois que ce jeune homme ne se
» dérangeât; que Paris ne fît sur lui
» le malheureux effet qu'il fait sur
» tous les étrangers de son âge, qui
» prennent pour des plaisirs brillans
» ce qui est méprisé des Français.
» —Eh! vous ne savez pas, Monsieur,
» le nom de la femme *belle et aimable*,
» à la campagne de laquelle le comte
» d'Hasfeld passe sa vie? » demanda
la Marquise avec une voix tremblante
et un regard qui éclaira sur-le-champ
Dorval. « Non, Madame, » répondit le
Suédois. — « Je le sais, » dit Dorval à la
Marquise, en se baissant vers elle et
lui parlant à demi-voix. « Elle s'ap-
» pelle Mélise, une femme charmante,
» riche, belle, bien née, veuve du
» comte de ***. — Veuve? elle n'est

» donc plus jeune? — Elle n'a pas
» tout-à-fait vingt ans ; Hasfeld en est
» amoureux à l'excès. — Quelle per-
» fidie ! » s'écria la Marquise. Dorval
eut bien de la peine à ne pas sourire
à la brusque confidence que contenoit
cette exclamation. Il feignit de n'y
avoir pas fait attention , et ajouta :
« Mais elle doit donner sa main à un
» homme qui a de plus anciens droits
» sur son cœur, » et il plaça ici le
sourire qu'il avoit retenu un moment auparavant; car rien n'échappoit à Dorval,
il plaçoit tout. La Marquise aussi fine
que Dorval, le comprit aussi facilement
qu'elle en avoit été pénétrée, et avec
un courage inconnu à toute femme
modeste , elle se leva, saisit le bras de
Dorval , et lui dit brusquement : « Je
» vois que nos intérêts sont communs.
» Edouard me trahit pour Mélise, et
» Mélise pourroit bien vous affliger

» par sa coquetterie avec Edouard. »
Alors elle fit une entière confidence
des relations qui existoient entr'elle et
le jeune Suédois, avec la même exac-
titude que si elle eût eu à raconter
d'elle-même les choses du monde les
plus faites pour lui obtenir l'estime de
celui qui l'écoutoit. Dorval entraîné
par le pouvoir du moment, se plai-
gnit à son tour, avec une franchise
qui le faisoit sortir de son caractère, des inquiétudes que lui causoit
Édouard, en même-temps qu'il blessoit la vérité dans le récit qu'il faisoit
des engagemens prétendus de la jeune
veuve envers lui. Ils ne se quittèrent
plus de la soirée, et s'occupèrent dé-
sagréablement tous les deux de l'absence d'Hasfeld, regardant toujours la
porte, espérant toujours le voir arriver,
et ne le voyant point paroître au bal
de la soirée. Ils restèrent les derniers,

partirent furieux, et Dorval promit à
la Marquise d'aller lui rendre compte
le lendemain, à son retour de Bois-
Fleury, de ce qu'il y auroit appris. Il
y courut en effet à neuf heures du matin; et la Marquise, en revenant du bal,
écrivit le billet que nous avons vu sur
la table d'Hasfeld.

Dorval satisfait d'avoir appris à Mélise la liaison d'Edouard avec la Marquise, quitta Bois-Fleury après avoir
passé un quart-d'heure dans le salon où
nous l'avons vu entrer avec Mélise et
Edouard. Persuadé que ce dernier seroit traité avec froideur et partiroit
bientôt mécontent, il s'empressa d'aller porter cette bonne nouvelle à la
Marquise; mais celle-ci, en apprenant
que le jeune Comte, à la suite de la
scène qu'elle lui avoit faite, avoit volé
chez Mélise, troublée de l'idée qu'il
y étoit encore, ne rendit point au ser-

8

vice que Dorval avoit cru lui rendre, la justice qu'il méritoit selon lui.

La Marquise revenoit du bois de Boulogne, où vainement elle avoit cherché Edouard ; et déjà mécontente, agitée avant la visite de Dorval, ce qu'il lui apprit la rendit furieuse ; elle se déchaîna violemment contre l'inconstance des hommes pris en masse, et contre la déloyauté d'Hasfeld en particulier. Cette fois, son accès de rage lui réussit ; Dorval désiroit l'amener à quelqu'éclat qui pût alarmer la timidité de Mélise ; il étoit sûr qu'elle renonceroit à son penchant pour Hasfeld, plutôt que de se trouver compromise par les plaintes d'une femme hardie, qui lui reprocheroit hautement de lui avoir enlevé un amant ; il applaudit donc vivement à tout ce que la colère de la Marquise lui faisoit exhaler d'imprécations et de plaintes. Il loua son exces-

sive sensibilité, le ton passionné de
sa voix, le feu de ses yeux animés
par l'amour, son ame ardente, son
cœur aimant; ils'écria: « qu'on étoit bien
» heureux d'inspirer à un être aussi
» intéressant une passion aussi vive
» que celle dont l'ingrat Hasfeld étoit
» l'objet. Il ne pouvoit concevoir, di-
» soit-il, qu'Hasfeld pût être insen-
» sible à tant de tendresse et infidèle
» à tant de charmes. » La Marquise,
en rentrant, avoit ôté son voile, et
remarqué avec plaisir que le grand
air avoit effacé les traces de ses larmes; elle avoit arrangé un peu ses cheveux, et mis une légère teinte de rouge,
espérant toujours qu'Hasfeld pourroit
revenir chez elle d'un moment à l'autre. Sa redingote marquoit la finesse
de sa taille; elle avoit tiré le rideau de
mousseline couleur de rose, qui se
relevoit en draperie sur les deux croi-

sées de son boudoir, où des massifs de rosiers, d'hortensias et de chèvre-feuil-les entouroient une ottomane sur laquelle la Marquise étoit à demi-couchée. A l'arrivée de Dorval elle s'étoit levée pour le recevoir; hors d'elle, agitée, elle lui parloit tantôt debout, tantôt assise; et lorsque la nouvelle de la rencontre que Dorval avoit faite d'Edouard à Bois-Fleury l'eut jetée dans les tons tragiques, elle parcourut la chambre à grands pas, et joignit à l'impétuosité de son discours, à l'action théâtrale, des gestes assortis. A mesure que son agitation réelle se calmoit au doux murmure des éloges que lui prodiguoit Dorval, un peu de coquet-terie lui fit affecter une douleur encore plus vive qu'elle ne la ressentoit. Nous avons déjà dit que la Marquise étoit naturellement coquette, et aucune si-tuation, quelque douloureuse qu'elle

soit, n'affecte assez vivement une
femme de ce caractère, pour qu'elle
néglige de plaire aux hommes qui lui
sont le plus indifférens. A la vérité,
dans la scène du même matin avec
Hasfeld, la Marquise avoit en quelque
sorte échappé à son naturel.

Mais elle se croyoit follement sûre
de lui, ou plutôt elle regardoit sa
conquête comme faite, et pour une
coquette un amant en titre n'est pas
aussi piquant à charmer qu'un personnage nouveau; et voilà comment
cet effréné désir de captiver tous les
hommes, mène les coquettes à des
déréglemens si honteux ! Ah! le cœur
n'entraîna jamais au vice; l'amour vrai
ne peut rien produire que de noble
et de pur ! Cette passion ne rend-elle
pas capable des plus grands sacrifices!
c'est elle qui fait qu'on ne vit que dans
l'objet aimé, qu'on s'oublie, qu'on fait

abnégation de soi-même pour ne laisser à l'esprit d'autre occupation que
celle de l'être chéri qui nous obsède ;
elle ne permet point de songer, même
en passant, à un autre. La Marquise
eut d'abord l'idée de montrer à Dorval
qu'elle ne méritoit point l'indifférence
d'Edouard; mais lorsqu'elle l'entendit
ajouter aux éloges de sa sensibilité et
de l'ardeur de son ame des exclama-
tions sur la beauté de ses mouvemens,
sur l'agrément de sa taille, s'écrier :
« Quoi ! l'ingrat peut oublier une
» femme aussi belle!... Dieu ! combien
» chacune des attitudes par lesquelles
» vous ajoutez à l'expression de vos
» justes plaintes, développe de grâces
» et de *noblesse*.... ah ! je vous vis
» hier au bal, entouré de séductions;
» ce matin je remarque mille détails
» ravissans ; » lorsque la Marquise
entendit ce langage qu'elle crut sincère;

il lui passa rapidement dans l'esprit
de prouver au jeune Hasfeld qu'on
pouvoit non-seulement la préférer
à Mélise, mais que même il étoit possible d'être infidèle à Mélise pour
elle. Enchantée de cette conception,
enchantée de Dorval, elle lui rendit
compliment pour compliment. « Elle
» ne pouvoit pas concevoir, disoit-elle,
» que lorsqu'on étoit aimé de Dorval,
» il fût possible de songer à plaire à
» quelqu'autre. « Dorval, quoiqu'il eût
été toujours beaucoup plus occupé de
la fortune de Mélise que de sa personne,
s'en étoit cependant cru véritablement
épris, depuis que la découverte de son
amour naissant pour Hasfeld avoit
fait éprouver à son cœur toutes les hor-
reurs de la jalousie. Un fat confond
toujours un sentiment avec un effet
d'amour-propre, parce que l'amour-
propre est devenu chez lui un sentiment.

Mais la Marquise flattoit précisément ce sentiment, en montrant un si grand étonnement de le voir malheureux en amour. Lorsque deux amours-propres qui ne se heurtent pas, mais qui se flattent mutuellement, se rencontrent, ils font éprouver l'illusion de la simpathie à deux êtres incapables de discerner un pareil attrait de celui si fort et si touchant de la convenance des cœurs, de la ressemblance des ames, de la conformité des émotions tendres. Dorval et la Marquise éblouis, ravis, charmés de l'enthousiasme qu'ils croyoient éprouver l'un pour l'autre, quoiqu'il provînt d'une source étrangère à leurs sentimens, puisque Dorval ne s'échauffoit en faveur des chagrins de la Marquise que par le souvenir de l'amour de Mélise pour Edouard, et que la Marquise ne partageoit pourtant avec une si grande vivacité les peines de

Dorval que par l'idée de l'infidélité
que lui faisoit Edouard. Ces deux per-
sonnages si adroits, si rusés, si habi-
tués à calculer ce qu'ils faisoient, et
à mener toujours leurs projets à une fin
au moins passagèrement satisfaisante,
oublièrent toute prudence, crurent
s'aimer, se le dirent, s'écrièrent :
qu'ils vouloient oublier, l'un Mélise,
l'autre Edouard; se persuadèrent un
moment être deux tendres amans, se
le dirent, se le jurèrent, s'en don-
nèrent des preuves, et il ne leur resta,
un instant après cet égarement, que les
mêmes idées qu'avant cette ridicu-
lement honteuse aventure. Dorval
songea de nouveau à Mélise; mais il
avoit besoin de la Marquise pour le
moment, et il le lui cacha, avec l'in-
tention bien décidée de la rendre à
Edouard s'il pouvoit éloigner Mélise
de celui-ci. La Marquise ne savoit pas

trop si elle devoit désirer que Mélise renonçât à Edouard ou à Dorval ; en tout cas elle se dit : qu'elle auroit toujours le temps de se décider. Edouard pourtant pesoit autrement dans la balance que Dorval, et elle étoit toute prête à se vouloir mal de son inconstance ; mais elle étoit trop récente pour qu'elle la jugeât.

Pendant qu'une coquette et un fat entraînés par l'occasion, renversent leur plan dans un entretien préparé pour le mieux assurer, deux êtres simples, honnêtes et francs, qu'on vouloit brouiller, s'expliquent avec candeur et font échouer tous les projets formés contre leur amour. Mélise, toujours froide avec Edouard après le départ de Dorval, conjurée par le jeune Suédois de lui apprendre la cause d'un changement aussi extraordinaire, Mélise s'encourage, et lui dit en présence de sa tante et de ses

cousines : « Monsieur le Comte , hier
» vous m'avez parlé d'un sentiment ; je
» ne veux pas que mes aimables parentes
» l'ignorent.... Mais ce matin j'ai appris
» que vous aimez... que votre cœur de-
» puis long-temps est engagé dans une
» passion respectable par sa durée et sans
» doute par l'issue qu'elle doit avoir...
» qu'une femme venue de Berlin à Paris
» pour vous seul.... — O ciel ! s'écria
le jeune Edouard... « quelle calom-
» nie ! — Il n'en est donc rien? » dit
la Baronne, qui venoit de mettre ses
lunettes pour fixer sa nièce, afin de
comprendre son discours, auquel elle
ne s'étoit nullement attendue ; car elle
n'avoit pas soupçonné l'amour d'E-
douard pour Mélise. « Il y a, en effet,
» une femme, » dit Edouard en hésitant,
» que j'ai connue à Berlin , qui est ici,
» mais qui n'y est nullement revenue
» pour moi. Si je ne vous en ai pas

» parlé, ce n'est point que je vou-
» lusse vous le cacher, chère Mélise,
» c'est que jamais, quand il est ques-
» tion d'une femme, je ne me per-
» mettrai..... La Marquise m'a tou-
» jours témoigné de l'amitié. — Il
» suffit, Monsieur, » dit Mélise; « vous
» m'avez vue dans un singulier em-
» barras hier en écoutant l'aveu d'un
» amour que je croyois vrai. Aujour-
» d'hui je n'en éprouve aucun à vous
» montrer le chemin que vous devez
» suivre. L'honneur défend a un hon-
» nête homme d'abandonner la femme
» qu'il aime, parce qu'un objet nou-
» veau lui a plu. Jamais mon bon-
» heur ne s'arrosera des larmes d'une
» autre femme.... » Et Mélise fondit
en pleurs et voulut fuir. Édouard la
retint, il se jeta à ses pieds, et em-
brassant ses genoux : « Madame, »
s'écria-t-il, en appelant la tante à son

secours, « daignez parler pour moi,
» daignez engager cet ange à m'en-
» tendre. Je jure sur l'honneur que
» je n'ai avec la Marquise aucun en-
» gagement qui enchaîne ma liberté;
» mais je sais quel est le traître, »
s'écria-t-il avec feu, « qui m'accuse
» si lâchement; il me rendra raison
» de son odieux procédé. Que Mé-
» lise me dise seulement qu'elle me
» croit, et je vais laver dans le sang....
» —Ciel ! » s'écria Mélise, presqu'en
serrant Hasfeld dans ses bras ;
» Édouard ! cher Edouard ! Je vous
» en conjure, que je ne sois point
» cause d'un combat auquel je ne
» survivrois pas. »

Hasfeld resta pétrifié, jamais Mélise
ne l'avoit nommé Edouard ; et l'on sait
assez combien un mot familier est
doux à l'amour. Cher Edouard ! avoit
dit Mélise , et Edouard avoit cru

éntendre une voix céleste lui promettre le bonheur. Cependant ces
expressions si douces qui suspendoient
sa colère et l'enivroient, n'avoient-
elles point l'intérêt d'un autre pour
objet? N'étoit-ce point pour Dorval
que Mélise trembloit? Il l'avoit vu aux
pieds de Mélise. Son imagination en-
fanta sur-le-champ, et avec la rapidité
de l'éclair, mille fantômes; mais
la franchise naturelle de son ame
l'emportant, « Mélise, » s'écria-t-il
tout-à-coup, « au nom du Ciel,
» dites-le-moi sans détour, aimez-
» vous Dorval? — Oh non, » s'écrièrent quatre voix à-la-fois, tant la Baronne et ses nièces savoient combien Dorval étoit devenu odieux à
Mélise. Mélise ajouta cependant : « Je
» l'aime d'amitié. — Vous l'aimez
» d'amour, » cria Edouard avec rage.
— « Ingrat! » dit Mélise, en tombant

sur un siége, et en éclatant en sanglots. Edouard, transporté, la serre
dans ses bras, ne profère que des expressions de reconnoissance. « Je suis
» aimé ! Puis-je croire un aussi grand
» bonheur ! » dit-il en baisant avec transport les mains de Mélise ; il la nomme
son épouse, la compagne de sa vie.

L'Abbesse le crut fou, elle ne comprenoit pas qu'un homme pût être
transporté de joie en s'entendant appeler ingrat, et elle demanda à Mélise
qui ne fuyoit point Edouard et ne
repoussoit point ses caresses, ce que
tout cela signifioit. « Oui, je l'aime, »
dit la jeune veuve ; « oui, ma tante,
» j'aime Edouard : puisque cet aveu
» m'est échappé, je ne le rétracterai
» point. J'aurois voulu cacher mon
» amour à ses yeux, aux vôtres, à
» moi-même ; mais je ne puis trahir
» la vérité, et dire que ce qui m'est

» échappé n'étoit point le cri de mon
» cœur. Cependant, quand même je
» serois sûre de ne point faire le mal-
» heur de Dorval, en acceptant l'offre
» que le comte d'Hasfeld me fait de
» sa main, je le répète, je ne serai ja-
» mais, volontairement, la cause du
» désespoir d'une autre femme. »

Edouard avoit été si frappé des pre-
mières paroles de Mélise : *oui, je
l'aime;* et la tête sur les genoux de
Mélise, le visage caché dans ses deux
mains, qu'il serroit dans les siennes,
il étoit plongé dans une telle ivresse,
qu'il oublioit tout l'univers, et n'entendit plus rien de ce qu'elle dit, jusqu'au moment où le nom de Dorval
le rappela à lui.

Ah ! qu'ils sont heureux ces instans où l'ame, abîmée dans l'extase
d'une félicité plus qu'humaine, est
plongée dans cette volupté du cœur

qui la rend étrangère à tout ce qui
existe ici-bas, hors ce sentiment divin
dont elle est alors enivrée ! Cet oubli
de tout, ce bonheur parfait qu'on ne
goûte que dans cet oubli, prouve bien
que ce n'est pas sur cette terre que nous
sommes destinés à jouir du bonheur.
Mais le ciel, dans sa bonté, nous permit de connoître, dans des momens
trop courts, hélas ! ce que le vrai
bonheur peut être. Le nom de Dorval
réveilla donc l'attention d'Hasfeld ; il
s'étonna que Mélise se crût obligée de
le compter pour quelque chose dans
un sacrifice quelconque, et ne lui
cacha point sa surprise. Mélise lui
conta alors avec confiance l'entretien
qu'elle venoit d'avoir avec lui ; et la
tante, ainsi que ses nièces, se ré-
crièrent avec Hasfeld sur la fausseté
de Dorval. Mais Hasfeld, après avoir
juré à Mélise qu'il ne chercheroit point

à tirer vengeance de la noirceur que
Dorval avoit voulu lui faire, déclara
que malgré sa répugnance à parler de
ses liaisons avec la Marquise, quoiqu'elle les affichât elle-même, il alloit
faire à Mélise et à ses trois amies un
récit exact de ses relations avec elle.
On s'assit avec assez de calme, et on
écouta avec une extrême attention,
sans l'interrompre un instant. Lorsqu'il eut fini, le jeune homme regarda
son auditoire avec un œil inquiet;
mais il venoit de conter une histoire à
laquelle aucune des quatre personnes
qui l'avoient écouté, n'avoient compris un mot. La Baronne levoit les yeux
et les mains au ciel; jamais elle n'avoit
entendu parler de rien de pareil. Adeline et Isaure, jeunes filles élevées au
couvent, sous les yeux de leur estimable tante, n'avoient pas la moindre
idée des liaisons sans amour, et des

femmes sans principes ; et Mélise n'a-
voit pas acquis, à cet égard, la plus
légère connoissance, dans les six mois
qu'elle avoit passés dans le monde. La
société qu'elle voyoit, étoit honnête et
composée de femmes respectables; et ce
n'est pas au spectacle ou au bal qu'on
apprend les prouesses des coquettes.
De sorte que ces dames ne virent dans
l'histoire d'Edouard avec la Marquise
qu'un engagement d'une nature à elles
inconnue, et tout engagement leur
paroissoit sacré. Hasfeld, qui s'attendoit à voir toutes les physionomies
s'éclaircir, ne vit que des visages
consternés, des yeux baissés, excepté
ceux de l'Abbesse qui avoient l'air d'im-
plorer le ciel, et il n'entendit que ces
phrases désolantes : « C'est toujours
» un engagement, un fort engage-
» ment; vous devez l'épouser. » Et
lorsqu'il juroit qu'il n'y avoit jamais

songé, « C'est donc bien mal à vous, »
disoit Mélise ; « il seroit affreux de
» rompre avec elle ; ce seroit un pro-
» cédé cruel. » Enfin Edouard déses-
pérant de se faire comprendre , et
charmé , au fond de son cœur , de
l'intéressante ignorance de Mélise, lui
fit seulement promettre de ne jamais
consentir à épouser Dorval. Ce point
ne fut pas difficile à obtenir ; mais
Edouard savoit combien Dorval étoit
alerte ; il savoit que ce n'étoit pas pour
rien qu'il étoit venu le même jour, à
neuf heures du matin , à Bois-Fleury,
faire l'amant soumis et résigné , et
donner des soupçons contre lui : il
craignit qu'il ne revînt chez Mélise
dans l'après-dîner, pour profiter de la
crainte que devoit avoir naturellement
un être si naïf, de causer l'infortune
d'une autre femme , et pour lui présenter de nouveau ses prétendus en-

gagemens avec lui, comme devant la
tirer d'une position fâcheuse.

Hasfeld quitta donc brusquement
Mélise pour courir au grand galop
chez son Ambassadeur, qui l'aimoit
comme un père, et le conjurer de
revenir chez Mélise avec lui pour lui
affirmer que sa liaison avec la Marquise ne devoit point l'empêcher de
lui faire l'offre de son cœur, et la conjurer d'accorder sa main à un amant
passionné. Mais en chemin il pensa
qu'il ne feroit pas mal d'aller sur-le-
champ faire un aveu sincère à la Marquise, et lui offrir son amitié au
lieu d'un amour refroidi (c'étoit l'expression de la Marquise, car jamais
Édouard ne lui avoit parlé d'amour),
d'un sentiment dont la tiédeur lui arra-
choit si souvent des plaintes. Il arrive,
il monte avec sa liberté ordinaire,
passe rapidement devant tous les gens

de la Marquise sans demander si elle y est, décidé, pour en finir, à l'attendre dans sa bibliothèque si elle n'y est pas. En ouvrant la porte du salon, il voit qu'il n'y a personne dans la bibliothèque, il la traverse en deux pas; le bruit d'aucune porte ne l'avoit annoncé; toutes, hors la dernière, étoient ouvertes. Un tapis a empêché de l'entendre venir, il ouvre la porte du boudoir, il entend des expressions tendres, une conversation très-familière, et il recule étonné à l'aspect de Dorval, sans pouvoir proférer un mot. Dorval, qui a d'abord pâli se remet aussitôt, et avec cette assurance qui n'abandonne jamais les agréables du bon ton, « Nous nous rencontrons souvent » ce matin, » dit-il en affectant de rire. « Je suis très-surpris de vous trouver » ici, » répond Hasfeld ; « mais j'en » suis charmé et le peu de mots que j'ai

» saisis en entrant, me prouve que je ne
» vous rencontrerai plus où je vous ai
» trouvé ce matin. » La Marquise jette
un cri et feint de se trouver mal. Edouard
connoissoit ce pitoyable manège, et il
laissa à Dorval le soin de la secourir. Ce
dernier, aussi agité de tout ce qui venoit
de se passer que de l'évanouissement
de la Marquise, courant d'un coin
de la chambre à l'autre pour chercher
quelque flacon d'eau spiritueuse, ne
s'aperçut point du départ du jeune
Suédois, qui vola sur-le-champ chez
son Ambassadeur, lui confia le trouble
de son ame, ses projets, ses espérances, et tout ce qui s'étoit passé
depuis la veille. Il obtint de lui d'aller
au moment même à Bois-Fleury. Hasfeld fit une courte toilette, et monta
dans le carrosse de l'Ambassadeur,
qui avoit rencontré Mélise dans le
monde, et savoit la réputation parfaite

dont elle jouissoit. Depuis qu'elle habitoit la campagne , les bruits de son
mariage avec Dorval avoient cessé.
Mélise alloit se mettre à table, lorsqu'on lui annonça l'étrange visite des
deux Suédois. Elle étoit à peine remise
du trouble que lui avoient causé les
bizarres événemens de la matinée.
Elle rougit et pâlit tour-à-tour, lorsque
le respectable Baron de Nosen lui
dit ainsi qu'à ses parentes : « Ne vous
» dérangez pas , Mesdames, je désire
» vous parler d'une affaire qui m'in-
» téresse vivement ; et bonne comme
» vous l'étés, Madame, » dit-il en s'a-
dressant à Mélise , « vous ne refuserez
» sûrement pas de m'entendre ; mais
» cet entretien sera un peu long, il
» retarderoit trop votre dîner si vous
» le remettiez pour m'écouter, souf-
» frez que je m'invite à dîner avec
» vous. Ce jeune homme m'a enlevé

» avec tant de vivacité, que je n'ai
» pas eu le temps de réfléchir que je
» ne pouvois être chez vous qu'à cinq
» heures et demie. Que voulez-vous !
» c'est mon enfant gâté. J'en agis un peu
» librement,» ajouta-t-il en riant; «mais
» je prévois, belle Mélise, que nous
» serons amis; ainsi nous ferons sage-
» ment de mettre sur-le-champ de
» côté toute cérémonie; » et il prit
Mélise par la main pour la conduire à
la salle à manger qu'il venoit de tra-
verser. Mélise sourioit, pressoit la
main du vieillard et ne pouvoit rien
lui répondre; la tante crioit qu'on mît
deux couverts de plus. Le Baron fit
placer Mélise entre Edouard et lui,
et pria l'Abbesse de vouloir bien être
aussi sa voisine. Ce repas familier mit
de l'aisance entre les six personnes
qui s'y trouvoient rassemblées, et
donna aux idées d'Edouard et de Mélise

10

le temps de se classer. L'Ambassadeur avoit dit à table, tout bas, à la tante, quelques mots de la découverte qu'avoit faite Edouard des liaisons de Dorval et de la Marquise, et le jeune homme ne négligea rien pour faire comprendre de son côté à Mélise combien la Marquise étoit peu faite pour mettre des entraves à son bonheur. Mélise, dont les soupçons étoient déjà éveillés sur la fausseté de Dorval, crut qu'il n'avoit recherché la Marquise que pour former quelque ligue contre elle ; et madame de Courcy soutint qu'il falloit que *ce mauvais sujet* là connût depuis long-temps. En rentrant au salon, le baron de Nosen paroissoit à Mélise et à ses parentes un ancien ami ; il demanda un moment d'audience à ces Dames, et Mesdemoiselles de Clairanvaux préférant n'être pas présentes à un éclaircissement où il seroit encore question de la conduite peu régulière de la Marquise, se retirèrent, et laissèrent les deux Suédois avec la tante et Mé-lise. L'Ambassadeur, après avoir dit un mot des vertus du comte d'Hasfeld, de sa haute naissance, de sa grande fortune et de son indépendance; après avoir parlé de la brillante réputation qu'il s'étoit faite à la guerre, dit en souriant: « Je vous assure, Mesdames, que si » vous me trouvez un seul homme » de son âge qui, lorsqu'il n'a point » le cœur occupé, n'aura pas fait sa » cour à une femme légère, et ne » sera *jamais* tombé dans les filets » d'une coquette, je lui érigerai une » statue. » Alors il entreprit de faire comprendre l'espèce de femme dont étoit la Marquise, et le genre de liaison qu'elle avoit avec Edouard. Il eut de la peine à se faire e tendre; mais il lui fut encore plus difficile d'être cru lorsqu'il affirma que Dorval et la Marquise, qui sans doute s'étoient unis d'abord pour troubler l'amour de Mélise et d'Edouard, avoient fini par imaginer de se venger de leurs prétendus infidèles en s'aimant ou plutôt en feignant de s'aimer. « Croyez-en mon » expérience, » dit-il; « sans l'impor- » tante découverte qu'a faite Edouard » aujourd'hui en trouvant Dorval chez » la Marquise, moi-même j'aurois » conseillé à mon jeune ami d'aller » déclarer à sa *folle* qu'il comptoit » se marier, et renonçoit à une liaison » coupable; mais elle ne mérite pas » même ce genre d'égards. » Mélise, au fond du cœur, écoutoit avec délices le vieux Baron. Edouard suivoit avec une palpitation de cœur qui lui ôtoit presque la respiration, chaque mouvement qui se peignoit sur la physionomie de Mélise. « Ma chère amie, »

s'écria la tante, « ce bon monsieur en
» sait plus long que nous sur tout cela ;
» je te conseille donc de consentir à
» épouser son jeune ami, pourvu qu'il
» ne t'emmène pas en Suède. — Je de-
» mande huit jours de réflexion, » dit
Mélise en tendant une main à Edouard,
et en donnant l'autre à son nouvel ami ;
« il faut voir ce que feront la Marquise
» et Dorval à présent qu'ils savent que
» leur association pour nous nuire est
» découverte. — Nous, s'écria Edouard ;
» Ah ! Mélise, ils ne *nous* nuiront plus ;
» mais, je vous en conjure, ne voyez
» plus Dorval. — Je vous le promets, »
dit Mélise ; « mais je vous conjure
» de voir la Marquise : si vos soupçons
» sont injustes, si elle vous aime......
» — N'achevez pas, » dit Edouard,
« vous me percez le cœur. — Allons, »
dit le vieillard ; » partons, laissons
» Mélise se remettre de l'agitation

» d'une journée si fatigante pour
» son ame. Ce que je vois de clair,
» c'est que vous vous aimez, que vous
» êtes dignes l'un de l'autre. Vous,
» Edouard, laissez - moi le soin de
» lever les scrupules de Mélise; et
» vous, mon estimable amie, fiez-vous
» à moi pour faire que ni Dorval ni la
» Marquise ne meurent de douleur.
» Vous avez demandé huit jours de
» réflexion, nous les passerons sans
» vous parler de rien. — Mais vous
» me permettrez de venir vous voir,
» dit Hasfeld. — Non, Edouard, »
répondit Mélise; « je partirai pour
» ma terre de Belleville en Picardie;
» elle est à trente lieues de Paris;
» d'aujourd'hui en huit je serai reve-
» nue, et je donne rendez-vous ce
» jour-là ici à monsieur l'Ambassa-
» deur seul, » ajouta-t-elle en souriant.
— « Vous ne me trompez pas, » dit

Edouard, « vous reviendrez! — Moi
» tromper! » dit Mélise avec ce ton
de la nature si bien fait pour inspirer
la confiance. Il fallut souscrire à ce
qu'elle désiroit. Hasfeld demanda la
permission d'écrire, Mélise répondit
qu'il pouvoit envoyer ses lettres à sa
tante, qui, ne pouvant supporter un
voyage, resteroit à Bois-Fleury avec
Isaure, et qu'elle partiroit avec Adeline.

L'Ambassadeur dit qu'il falloit la
laisser agir à sa fantaisie, et entraîna
Edouard, qui la quitta après avoir
couvert ses mains de baisers et de
larmes. Mélise, quand il fut parti, se
mit au lit: elle étoit réellement fati-
guée de tout ce qu'elle avoit éprouvé
d'émotions; mais elle entrevoyoit
qu'elle seroit heureuse; et entourée
de ses trois amies, elle pleura et rit
tour-à-tour, ordonna les apprêts de
son départ, s'amusa à voir faire ses

paquets, dit en riant qu'elle avoit choisi la plus grave de ses cousines pour compagne de sa retraite, afin qu'elle l'aidât de ses réflexions, et finit par s'endormir très-satisfaite. Dorval, lorsque la Marquise avoit jugé à propos de revenir de son évanouissement, avoit eu à essuyer de sa part mille protestations tendres, et s'étoit attiré de cruels reproches de perfidie et de fausseté, lorsqu'il lui avoit déclaré que son honneur étoit engagé à retourner chez Mélise après ce que lui avoit dit Hasfeld. « Comment ! » Monsieur, vous ne renoncez pas à » elle ? s'écria la Marquise. « Com- » ment ! lorsque je viens de vous dire » que j'abandonne Edouard à jamais » et que je suis à vous pour la vie, » vous me reparlez d'aller chez Mé- » lise ? — Madame, » répondit Dorval d'un ton impérieux, « je vous prie

» de ne point chercher à me détourner
» d'une résolution que rien ne peut
» ébranler. Voulez-vous que je laisse
» croire à votre cher Hasfeld que
» je me soumets à la défense qu'il
» s'est avisé de me faire du ton le
» plus insolent?—Mon cher Hasfeld!»
répéta la Marquise. Alors il s'engagea
entre elle et Dorval une querelle dans
les formes, et ces deux amans si
passionnés virent leurs tendres feux
s'éteindre presqu'au moment qu'ils
s'étoient allumés. Dorval s'enfuit. La
Marquise eut pour le coup de véritables
convulsions. Et la honte et le désespoir
entrèrent ensemble au fond de son
cœur. Cependant ces bons mouvemens
n'y prirent pas assez profondément
racine, pour qu'elle n'essayât pas de
ramener le comte d'Hasfeld ; elle l'aimoit toujours *autant qu'elle pouvoit
aimer.* Dorval, qui s'en étoit douté,

11

l'avoit revue, et lui en avoit arraché
l'aveu. Ce fut ce qui lui fit concevoir
un dessein pour l'exécution duquel il
avoit besoin d'elle. Il la détermina
donc, après quelques jours de retraite
passés à se convaincre de l'abandon
d'Hasfeld, d'aller tout simplement, un
matin, chez ce dernier, après avoir
donné avis à Mélise, par une lettre
anonyme, qu'Edouard avoit vu tel jour
la Marquise de Beau-Bois chez lui.
Ainsi, le génie de cette femme la portoit sans cesse à de fausses démarches
et à tout sacrifier pour arriver à ses
fins. Elle trouva Hasfeld occupé à
écrire à Mélise. La Marquise se rap-
peloit trop bien à quel point la dernière scène qu'elle avoit faite à Edouard
lui avoit mal réussi, pour essayer de
prendre avec lui des airs hautains.
Aussi, quoique décidée à *se justifier*,
elle prit, en entrant chez lui, la con-

tenance, non précisément de la vertu outragée par d'indignes soupçons, mais celle de l'innocence accablée par la plus cruelle injustice. Hasfeld la vit entrer pâle (ce qu'elle étoit toujours quand elle n'avoit pas de rouge), abattue, et elle lui dit les larmes aux yeux : « Hasfeld ! Hasfeld trop chéri ! » à quelle odieuse idée vous êtes-vous » livré l'autre jour contre votre amie ! » Quoi ! vous avez pu penser, en voyant » Dorval chez moi !..— Non, Madame, » répondit Hasfeld un peu déconcerté cependant, par le ton doux et l'air malheureux de la Marquise, « ce n'est » pas pour avoir *vu* Dorval, c'est pour » l'avoir *entendu*.... sans avoir dessein » d'écouter...... — O ciel ! » reprit la Marquise, « vous auriez pensé que » les paroles dont votre oreille a pu » être frappée, je les adressois à Dorval ! » Je me souviens très-bien que lors-

» que vous entrâtes , je lui racontois
» avec quelle dureté vous m'aviez
» traitée la veille, et je lui répétois
» tout ce que je vous avois dit de
» tendre , pour lui prouver combien
» vous aviez été injuste en m'accablant
» de réponses dures et froides. —
» Qu'est-ce qui a donc causé votre éva-
» nouissement à ma vue , Madame ? »
demanda Edouard. « L'effroi de me
» voir surprise par vous, » répondit la
Marquise, « dans un entretien où
» l'on me rendoit compte de votre
» infidélité. Je vous avoue , en vous
» demandant pardon à genoux , » ajouta-t-elle, et elle fléchissoit en effet un
peu le genou, « qu'ayant fait con-
» noissance avec Dorval au bal de
» l'Ambassadeur, et le hasard m'ayant
» mise à portée d'apprendre et ses
» liaisons avec la comtesse de Belle-
» ville, et combien vous lui causiez

» de jalousie , je l'avois engagé à venir
» m'apprendre tout ce qu'il pouvoit
» savoir de vous et de ma rivale. » Le
comte d'Hasfeld étoit si confondu
de l'humilité de la Marquise, que lui-
même avoit l'air d'un coupable en
l'écoutant ; et lorsqu'elle avoit dit : *je
vous demande pardon à genoux*, son
humeur chevaleresque avoit failli le
précipiter à ses pieds. « Madame, »
dit-il les yeux baissés, « les liaisons
» de Dorval avec la Comtesse sont
» nulles. Il est amoureux d'elle depuis
» plusieurs années. Elle a pour lui
» de l'amitié , voilà tout. Je veux
» vous croire. J'excuse même la con-
» fiance un peu précipitée que vous
» avez prise en Dorval ; mais je vous
» dois une entière franchise pour prix
» de la vôtre, » ajouta-t-il, en souriant un peu malgré lui. Et se rassu-
rant par degrés, il en vint, après tous

les préambules faits pour adoucir le
coup qu'il alloit lui porter, à lui déclarer très-courageusement qu'il adoroit Mélise et qu'il ne pouvoit plus
lui offrir qu'une *tendre amitié.*

La Marquise, qui s'étoit attendue à
ce dénoûment, joua supérieurement
un désintéressement dont elle s'étoit
prescrit d'avance l'apparence. Elle
forma mille vœux pour le bonheur
d'Édouard, fondit en larmes, et sanglota
pendant une demi-heure, sans qu'aucun mot de reproche lui échappât.
Hasfeld étoit fort embarrassé de sa
contenance. Il ne pouvoit pas prier
une femme, et une femme comme la
Marquise, de sortir de chez lui, et il
craignoit que quelqu'un de l'ambassade
ne montât dans sa chambre, car il lo-
geoit chez l'Ambassadeur : et que dire
à un être qu'on afflige, et dont on voudroit voir cesser la douleur, sans

vouloir lui en ôter la cause? Il se jeta
dans toutes les protestations d'amitié
qui, dans des cas comme dans celui-
là, sont autant de topiques appliqués
à côté des blessures. Il ne croyoit pas
absolument à l'innocence de l'entretien
de Dorval avec la Marquise ; mais il
ne savoit plus trop qu'en penser. Lorsqu'il la vit un peu calmée, il essaya de
lui faire entendre avec douceur qu'elle
pouvoit se compromettre en restant
plus long-temps chez lui. « Hasfeld, »
lui dit-elle alors, « je vous assure que ce
» n'est par aucun motif personnel que je
» veux vous éclairer sur *votre Mélise.*
» Prenez-y garde, mon ami, j'en ai en-
» tendu dire d'étranges choses ! — Ce
» sont des calomnies de Dorval, » reprit impétueusement Edouard. « Non,
» en vérité, » répondit la Marquise avec
calme, « Dorval ne m'a dit d'elle que ce
» que vous venez de m'en dire ; il a ajouté

» seulement que Mélise lui avoit pro-
» mis depuis long-temps de l'épouser,
» et qu'elle avoit changé d'idée depuis
» le moment où elle vous avoit connu;
» mais il m'est revenu que Dorval est
» bien plus heureux qu'il ne le dit;
» qu'il continue à entretenir avec elle
» des relations dont il m'est impossible
» de deviner la nature, mais qui me
» paroissent fort suspectes. L'Am-
» bassadeur de Suède ne cache pas
» qu'il espère voir votre sort uni à celui
» de cette jeune veuve; mais sa tante
» a dit à une femme de mes amies
» que Mélise avoit demandé huit jours
» avant de vous faire une réponse dé-
» cisive. Il paroît que vous lui avez
» arraché une promesse de ne plus
» revoir Dorval; cependant elle ne
» se décidera à rien avant de l'avoir
» vu; et la veille du jour qu'elle a fixé
» pour revenir à Bois-Fleury, elle doit

» lui parler à sept heures du soir dans
» les Champs-Élysées. Le lendemain
» vous la croirez arrivée de Picardie
» le jour même, et Dorval aura dicté
» sa réponse. Je vous en préviens, afin
» que vous pariez ce coup....... »
Hasfeld étoit pâle et immobile : la
Marquise auroit parlé plus long-temps,
qu'il ne l'auroit pas interrompue : mille
idées confuses se croisoient dans sa tête ;
à la plus parfaite confiance dans la candeur de Mélise, se joignoient dans son
cœur, par une bizarrerie inexplicable,
des mouvemens intérieurs de rage jalouse, dont la Marquise vit parfaitement l'expression sur sa physionomie,
quelqu'effort qu'il fît pour les cacher.
Il voulut savoir de qui la Marquise
tenoit ces affreuses calomnies ; et il
prononçoit ces deux derniers mots
d'une voix mal assurée. La Marquise
refusa absolument de l'en instruire, et

feignit de vouloir se retirer, sans s'inquiéter davantage du parti qu'il prendroit ; mais Edouard l'arrêtant par le bras, « Je veux vous rendre témoin
» de l'innocence d'une jeune femme
» indignement accusée, et dont la
» pureté mérite tous les hommages
» sans exception. Vendredi j'irai vous
» prendre à six heures du soir ; à sept
» nous irons aux Champs-Elysées, et je
» justifierai pleinement à vos yeux un
» être adorable, digne du plus profond
» respect. » C'étoit justement ce que la
Marquise désiroit. Elle accepta le rendez-vous d'un air négligent et distrait.
Etoit-ce seulement le désir de prouver
à la Marquise combien on avoit mal jugé
Mélise, qui portoit Edouard à vouloir
aller à un rendez-vous auquel il ne
vouloit pas croire ? Il paroît probable
que s'il avoit cru jouer à cette partie de
promenade un triste rôle, il n'eût pas

voulu en rendre la Marquise témoin.
Cependant, pourquoi y aller? La jalousie seroit-elle tellement inséparable
de l'amour, que les alarmes même
les plus extraordinaires puissent naître
dans un cœur qu'il possède! Pour
moi, je le crois; et je pense même
qu'un amour raisonnable n'est pas de
l'amour; mais je suis femme, et mon
opinion ne compte pas. Hasfeld confia
à l'Ambassadeur ce qu'on venoit de lui
dire. Il se tourmenta doublement
jusqu'au retour de Mélise, et de son
absence et des doutes qu'on avoit voulu
jeter dans son ame. « Je suis sûr
» d'elle, » disoit-il à l'Ambassadeur;
» mais enfin ce sont des pensées som-
» bres dont on a obscurci mon imagi-
» nation, et qui viennent, malgré que
» j'en aie, ternir l'éclat de ces idées
» riantes sur lesquelles Mélise m'avoit
» laissé, et qui seules pouvoient me

» faire supporter son éloignement. —
» Mais quelle gaucherie à la mar-
» quise! » s'écria-t-il. « Si elle pou-
» voit se trouver avoir raison , je la
» prendrois en horreur. — Vous auriez
» tort , » disoit l'Ambassadeur , en
riant ; « car elle vous auroit rendu
» un grand service. — Tout comme il
» vous plaira , mon Général , » disoit
Hasfeld ; « mais je sens que je ne pense
» à l'officieuse Marquise qu'avec des
» sentimens de colère et d'aversion. »
La gaieté de l'Ambassadeur rassuroit
Edouard. Il n'est point léger , pen-
soit-il ; il ne riroit point de ma peine :
donc il faut qu'elle ne soit pas raisonnable. Quatre mortels jours s'écoulè-
rent jusqu'au vendredi tant craint , et
tant désiré par Hasfeld ; et il n'avoit
ni vu la Marquise , ni eu de ses nouvelles. La Marquise les avoit employés
à concerter avec Dorval les mesures

nécessaires pour faire réussir ce projet sur lequel ils fondoient de grandes espérances.

Dorval avoit ingénieusement imaginé que si la Marquise pouvoit reprendre dans ses filets le jeune Suédois, il pourroit encore lui-même renouer avec Mélise ; et dans un entretien qu'il eut avec la Marquise pour combiner ce nouveau plan , il lui conseilla tout simplement de l'aider à le faire réussir, plutôt que de l'avoir pour ennemi. Il lui démontra clairement qu'il aimoit mieux Mélise qu'elle ; et comme on l'a dit, il lui fit avouer: qu'elle lui préféroit Hasfeld. Ce fut la seule fois que ces deux êtres mirent de la franchise en se parlant. Mais cette franchise portoit sur des points si humilians pour l'amour-propre de tous deux, si avilissans pour la Marquise , et si déplaisans pour Dorval, que cette explication,

en les unissant d'intérêt , leur inspira
l'aversion la plus décidée l'un pour
l'autre ; de sorte que depuis ce jour tous
leurs entretiens furent une constante pa-
rodie de la confiance et de l'amitié. Cet
aimable couple avoit fabriqué pour
Mélise une lettre dans laquelle on lui
apprenoit qu'Hasfeld , après avoir reçu
mystérieusement la Marquise chez lui,
la promèneroit le vendredi suivant à
sept heures du soir aux Champs-Élysées. Cette lettre étoit de la même écriture que la première, celle par laquelle
on l'avoit informée de la visite que la
Marquise avoit faite au jeune Comte. La
femme - de - chambre de madame de
Beau-Bois avoit servi les deux fois de
secrétaire. Et voilà comme le vice cor-
rompt tout ce qui l'entoure, s'humilie
en se mettant dans la dépendance de
ses agens , et se livre avec imprudence
aux mains les plus viles ! On indi-

quoit à Mélise l'allée écartée dans laquelle on avoit assuré avoir entendu
les deux amans se donner rendez-vous,
et Dorval promit à sa digne amie d'être
dans ce bosquet à sept heures , afin
qu'Edouard l'y surprît avec Mélise.
« Quand elle n'y viendroit pas seule , »
disoit-il , « il suffira qu'Hasfeld l'y
» voie avec moi et *une confidente* , pour
» tout rompre , pour renoncer à elle,
» et peut-être à toutes les femmes.
» Ce ne seroit pas votre compte , »
ajouta-t-il en pirouettant , et il sortit.
La Marquise sentit dans ce moment
toute l'horreur qui est attachée à l'obli-
gation de feindre de l'amitié pour
quelqu'un qu'on déteste , et elle se
promit bien de se venger un jour ;
mais ce n'étoit pas le moment, car,
si elle eût alors tout découvert à
Hasfeld , elle se perdoit elle-même.

Dorval avoit appris, en même temps

que la Marquise, et la visite de l'Ambassadeur de Suède à Bois-Fleury , et les espérances du comte d'Hasfeld , et le départ de Mélise. Il avoit couru chez la tante prendre des informations exactes sur des faits qui le remplissoient d'effroi et le mettoient au désespoir ; et la bonne vieille , trop bavarde pour garder un secret, et, de plus , haïssant trop Dorval pour ne pas se donner le plaisir de le désoler , lui conta tout , et avec des tons si méprisans , qu'avant d'avoir rejoint la Marquise pour combiner avec elle le plan que nous venons de voir , il jeta provisoirement les bases d'un autre , qui , dans le cas où celui-ci viendroit à manquer, lui serviroit à prouver à Mélise, avant qu'elle déclarât son mariage avec le comte Hasfeld , qu'il ne se soucioit point d'elle. Il se souvint alors que, deux mois auparavant, on avoit dit devant lui, dans une société, par manière de plaisanterie, une chose dont on parla fort sérieusement un moment après. Quelqu'un avoit annoncé à tous les gens à marier qui se trouvoient dans cette société, qu'il y avoit un excellent parti dans ce moment et très-facile à obtenir; que c'étoit la fille unique d'un homme très-riche, et l'héritière par conséquent d'un grand bien ; que, de plus, elle l'étoit de deux ou trois oncles, et que cet aimable objet si fait pour être recherché, n'avoit d'autre inconvénient que d'être extrêmement disgracié de la nature ; que la demoiselle étoit aussi laide que dénuée d'esprit, mais, au demeurant, une bonne créature. On s'égaya beaucoup sur son compte : les uns la disoient noire comme une taupe ; les autres, d'une maigreur inimaginable, marquée de

petite vérole ; enfin, au bout de cet affreux portrait on mettoit toujours, mais
elle apportera à son mari trois cent
mille livres de rente. Dorval avoit un
peu ouvert l'oreille à tous ces propos, et
avoit à peine souri dans les momens
où ils avoient excité le plus la risée
générale. Si Mélise n'eût point eu
de fortune, Dorval auroit eu la philo-
sophie d'y renoncer pour Caliste de
Béfort, la laide héritière ; mais Mélise
avoit un revenu de 60,000 liv. clair et
net, et Dorval trouvoit que la beauté
et l'amabilité de Mélise valoient bien
le surcroît de richesse de Caliste. Cette
Caliste lui revint à l'esprit au moment
où il vit le fragile édifice de ruses et
d'artifices, qu'il avoit construit pour
se rendre possesseur de Mélise, prêt
à écrouler ; il se souvint que ceux
qui lui avoient parlé de Caliste, lui
avoient dit que malgré ses grands biens

personne encore n'avoit pu se résoudre
à s'unir à elle, et que son père brû-
loit du désir de l'établir, afin de la
mettre sous la *protection* d'un époux,
qui, lorsqu'il ne seroit plus, seroit le
guide et l'appui d'une infortunée qui
ne sauroit jamais se tirer seule de
tous les embarras de la vie. Ce n'étoit
pas là le sort que Dorval lui préparoit
dans ses idées. Je l'épouserai, disoit-il
en rêvant dans son cabriolet, me
voilà riche ; je la laisserai à la campagne de son père tant qu'il vivra,
et je courrai à Paris, en Italie, dans
mille endroits divers. A la mort de
son père je la confinerai dans un de
ses vieux châteaux. Je prétexterai des
affaires pour en être sans cesse absent.
Elle a peu d'esprit, je la dominerai.
Elle est bonne, dit-on, je la subju-
guerai ; je la verrai le moins que je
pourrai, et après avoir fait un *excel-*

lent mariage, je jouirai de toute la liberté et de tous les agrémens de la
vie de garçon. Cette idée riant toujours de plus en plus à son esprit,
il passa deux jours à la mûrir, à
prendre d'amples informations sur la
pauvre Caliste, et se promit bien, si
Mélise le forçoit à se borner au nouveau plan de bonheur qu'il fondoit
sur les richesses de Caliste, de rompre
au moins le mariage d'Edouard. Ce
fut alors qu'il fabriqua avec la Marquise le complot dans lequel Mélise
devoit voir, le vendredi suivant, son
union avec Hasfeld ruinée. Edouard
fut exact au rendez-vous du vendredi.
Dorval savoit par ses espions que Mélise,
qui ne devoit revenir que le lendemain, étoit arrivée de la veille à Bois-
Fleury : donc elle avoit reçu l'avis
que la Marquise lui avoit fait passer ;
donc elle y croyoit. Edouard trop

noble pour épier les démarches de
la femme qu'il aimoit, ignoroit le retour de Mélise ; il ignoroit encore plus,
que la Marquise les trahissant tous
deux, avoit fait passer en Picardie une
lettre perfide pour attirer sa rivale
dans le piége qu'elle lui tendoit.

Edouard, avant d'aller prendre la
Marquise pour aller aux Champs-Élysées, avoit écrit à Mélise une lettre
pleine de noblesse et de franchise, où
il lui apprenoit l'indigne calomnie
dont on avoit voulu la noircir à ses
yeux. Il l'instruisoit de sa résolution
d'aller avec la Marquise dans le lieu
où l'on prétendoit qu'elle devoit voir
Dorval, désirant, disoit-il, prouver lui-
même la fausseté d'une fable aussi
odieuse ; mais il ne fit partir sa lettre
qu'au moment même du rendez-vous.
Nous ignorons pourquoi il ne l'expédia
pas plus tôt ; on sait seulement qu'il

dit à l'Ambassadeur : « Je dois compte
» de toutes mes démarches à Mélise ;
» je ne veux pas lui laisser ignorer
» celle-ci ; mais elle l'apprendra assez
» tôt en trouvant ce soir mon billet
» à son arrivée à Bois-Fleury. » Nous
avons vu qu'il avoit aussi instruit
Mélise de la visite que la Marquise lui
avoit faite. Mélise enchantée de la
franchise d'Edouard, mais impatientée
de se voir poursuivie de lettres ano-
nymes, soupçonna Dorval de toutes
ces méchancetés, qui ne lui causèrent
pas la plus légère alarme ; mais elle
avança son *retour d'un jour* pour en
conférer avec madame de Courcy, qui
dans certaines occasions montroit un
grand sens, et dont l'expérience inspiroit beaucoup de confiance à Mélise.
Une jeune femme prudente et raisonnable pense toujours avec raison que
l'être le plus médiocre, s'il a beau-

coup plus d'âge et d'expérience qu'elle,
peut lui être utile par ses conseils.
« Il est véritablement singulier, » dit
Mélise à sa tante après lui avoir conté
ce qui causoit et son humeur et son
retour soudain la veille du vendredi
fixé par elle pour revenir à Bois-Fleury,
« qu'on se plaise à me tourmenter
» ainsi! Comment pourrois-je suspec-
» ter la sincérité des sentimens d'E-
» douard, lorsqu'il ne me cache rien,
» lorsque lui-même m'a écrit en Picar-
» die pour me dire que la Marquise de
» Beau-Bois a été chez lui ; ce qui m'a
» fait mépriser et la lettre anonyme
» par laquelle on vouloit lui faire un
» crime à mes yeux d'avoir reçu cette
» visite, et l'auteur de cet infâme avis.
» Cependant, que penser du billet que
» voici, et qui m'est parvenu à Belle-
» ville, il y a trois jours ? » Et Mélise
lut à sa tante le billet suivant : « *Des*

» amis de la comtesse de Belleville lui
» donnent avis que le comte Edouard
» d'Hasfeld, quoiqu'il ne voye plus la
» Marquise de Beau-Bois, ni chez elle
» ni chez lui, doit avoir avec elle un
» entretien secret le vendredi 5 du
» courant, aux Champs-Élysées, dans
» l'allée des Veuves, à sept heures du
» soir. — « Eh bien, vous n'y croyez
» pas, j'espère, à ce rendez-vous ! » dit
la tante en ôtant ses lunettes qu'elle
avoit mises pour écouter sa nièce pendant qu'elle lisoit. « Non, assurément, »
dit celle-ci ; « mais cela me tracassoit
» je ne sais pourquoi, et je suis revenue
» pour vous demander si vous ne
» pensez pas qu'il faut instruire
» Edouard dès demain matin de tout
» ceci. » La Baronne prit lentement et
avec des pauses une prise de tabac ;
puis elle secoua la tête. « Ma nièce, »
dit-elle, « le diable est bien malin.

» — Mon Dieu, ma tante! » reprit
Mélise, « mais vous me disiez tout-
» à-l'heure qu'il ne falloit pas croire....
» — Il est vrai, répondit la vieille ; mais
» enfin, ma chère enfant, il s'agit
» d'être heureuse ou malheureuse. Se
» marier n'est pas une bagatelle, et
» se marier avec un étranger, et se
» marier encore quand on est veuve,
» indépendante et riche ! Ma chère
» amie, Edouard est bien gentil ;
» mais les hommes ! Ah ! ma nièce,
» les hommes ! Enfin suffit. Deux pré-
» cautions valent mieux qu'une : moi,
» à votre place, je voudrois en avoir
» le cœur net. — Quoi! ma tante,
» vous voudriez que j'allasse espion-
» ner..... — Eh bien ! eh bien ! voilà
» les grands mots ! Espionner ! est-ce
» qu'on ne peut pas se promener aux
» Champs - Élysées ? » La discussion
de cette affaire importante entraîna

13

ces dames à causer fort avant dans
la nuit, et le lendemain matin madame
de Courcy étoit toute malade : veiller
et raisonner étoient pour elle deux
grands efforts.

Edouard partit à six heures trois
quarts avec la Marquise et son respectable général, après avoir envoyé à
Mélise l'aveu tardif de cette promenade. A sept heures ils arrivèrent au
lieu convenu, et qui leur parut fort
isolé. La voix de Dorval se fait cependant entendre ; mais elle a l'accent du
reproche, et du reproche amer et tur-
bulent. Il s'adresse à quelqu'un ; donc
il n'est pas seul. Edouard venu pour
justifier Mélise, et qui s'avançoit d'un
air triomphant, se précipite vers le
côté de l'allée d'où partoit la voix de
son rival, avec un mouvement inexplicable, et dont lui-même ne se rend
pas compte ; et il trouve Dorval tête-

à-tête avec la tante, en querelle réglée.
« Au secours ! » cria-t-elle, en
apercevant Edouard; « voilà un fou qui
» me dit mille injures. » Edouard
éclate de rire ; la Marquise pâlit :
« Comment madame de Courcy se
» trouve-t-elle ici ? » demande
Hasfeld. « Je vous expliquerai cela
» dans un autre moment, Monsieur. »
On devine que l'intérêt de sa nièce,
qu'elle chérissoit tendrement, et peut-
être un peu de curiosité aussi, avoient
décidé la Baronne à venir au rendez-
vous auquel Mélise avoit refusé de se
rendre, et que cette dernière n'avoit
pu empêcher la vieille de faire ce
qu'elle avoit projeté. C'étoit donc pendant qu'Edouard, accompagné de la
Marquise et de l'Ambassadeur de Suède,
surprenoit Dorval et madame de
Courcy dans un bosquet, que Mélise
recevoit la lettre d'Edouard. « Qu'est-

» ce que tout ceci veut dire ? » s'écria la
tante. « Toute réflexion faite, il faut
» éclaircir cette aventure dans l'ins-
» tant; » et en disant *toute réflexion
faite*, la pauvre femme se trouvoit
agir précisément sans l'ombre de réflexion. « Vous ne m'échapperez pas,
» Monsieur, » dit-elle à Dorval, qui
cherchoit à s'en aller ; et le saisissant
de la main droite, par le bras, tandis
que de la gauche elle tiroit de la poche
de son tablier de taffetas noir le billet
anonyme adressé à Mélise la veille,
« Tenez, lisez, » disoit-elle à Edouard,
» je ne comprends plus rien à tout ce
» que je vois. Je devois vous surpren-
» dre avec une belle dame, et je crois
» bien que la voilà ; mais point du
» tout, c'est encore monsieur Dorval
» que j'y trouve, et qui s'emporte,
» parce que j'ai l'audace de m'étonner
» de l'y rencontrer. — Voilà qui est af-

» freux, Madame, » dit Edouard d'un ton concentré, à madame de Beau-Bois. La Marquise jette les yeux sur le billet. « Affreux, en effet, » dit-elle, « et je ne conçois pas qui a pu écrire... — « Vous, ou Dorval, » interrompit Edouard furieux. — « Monsieur, » dit froidement Dorval, « je vous prie « de ne point me mêler dans vos dis- » cussions avec Madame, que je n'ai « eu l'honneur de voir qu'une seule « fois en ma vie. — Ce n'est pas mon » écriture, » dit la Marquise ; « Ah ! » Edouard, vous qui la connoissez, « justifiez-moi. D'ailleurs, me croi- » riez-vous capable...— Je vous crois, » vous, Monsieur, » dit la vieille tante à Edouard, en leur rompant en visière, « capable d'être ici avec elle, » en montrant la Marquise. « Il suffit, Mon- » sieur. — Non, Madame, il ne suffit » pas : j'entrevois ici une double noir-

» cœur; et quoique Monsieur m'ait prié
» d'un ton *si touchant* de ne point le
» mêler dans mes querelles, j'espère
» qu'il voudra bien m'accorder un
» quart-d'heure d'entretien particu-
» lier. — Monsieur, » dit Dorval,
« je suis à vos ordres; mais je ne con-
» çois pas ce que ce billet a de commun
» avec moi, et comment je dois vous
» expliquer pourquoi il m'a pris fan-
» taisie de venir me promener ici ce
» soir ? — Vous voyez bien, mon
» ami, » dit l'Ambassadeur de Suède,
en s'adressant à Edouard, « que mon-
» sieur Dorval n'est pour rien dans ce
» quiproquo; que Mélise tient main-
» tenant dans ses mains la réponse au
» billet que nous venons de lire. Ac-
» compagnons à Bois-Fleury madame
» de Courcy, qui doit avoir peur d'y
» retourner seule si tard, et laissons à
» monsieur Dorval le soin de recon-

» duire madame la Marquise chez elle,
» Mon cher Édouard, » ajouta le respectable vieillard , « véritablement
» vous êtes injuste d'en vouloir à mon-
» sieur Dorval. — Je le pense, » dit
celui-ci très-embarrassé. — « A la
» bonne heure, Monsieur, » reprit
Edouard en enfonçant son chapeau et
lui tournant le dos.

L'Ambassadeur offrit son bras à
la tante, qu'il conduisit, accompagné
d'Edouard, jusqu'à sa berline, dans
laquelle sa femme-de-chambre l'attendoit. Il ne put obtenir la permission d'y
monter avec son jeune ami. La vieille
Baronne croyoit toujours Edouard
coupable, quoiqu'il lui fût impossible
de dire pourquoi, ni comment. Ses
idées étoient brouillées , et elle crioit
du fond de son carrosse à Edouard
appuyé d'un air suppliant contre le
marchepied : « Les hommes sont tous

» des perfides, des monstres. » Ce
fut en vain qu'il essaya de lui faire
entendre raison. « Je vous ai sur-
» pris en effet au rendez-vous avec la
» Marquise, » disoit-elle toute rouge
de colère ; « et sans ce maudit Dorval
» qui s'est trouvé là.... Enfin c'est une
» vilaine affaire. Bon soir, Monsieur,
» il n'y a plus de Mélise pour vous. »
L'Ambassadeur prit le parti de dire
à la tante : « C'est demain que la
» comtesse de Belleville m'a promis
» de me recevoir *seul*, j'irai *seul*
» à Bois - Fleury ; » et s'emparant
d'Edouard, il l'entraîna vers leur
phaëton, qui les attendoit. Dorval
voyant sa dernière noirceur avortée,
adressa des plaisanteries amères à la
Marquise, ne prit pas même la peine
de la reconduire jusqu'à son carrosse,
et alla passer la soirée au Vaudeville
pour se distraire de la désagréable

aventure qui venoit de lui arriver.
Les jours suivans il ne *daigna* pas s'informer de Mélise. Il les passa à re-
cueillir tous les détails qu'il put sur
la pauvre Caliste, qu'il regardoit déjà
comme sa victime. Il se fit présenter
chez monsieur de Béfort. Il s'étoit peint
sa fille effroyable à tel point, qu'il
la trouva moins désagréable qu'elle
ne l'étoit en effet. Il vit une grande
fille âgée de vingt-cinq à trente ans,
brune, sèche, maigre, sans grâce,
point marquée cependant de petite
vérole, sans contenance, mais ayant
un air doux et une figure bonasse. La
joie qu'il ressentit de ne point trouver
en elle un monstre achevé, lui fit
aborder monsieur de Béfort d'un air
de satisfaction qui parut au vieillard
de la franchise; et lorsqu'après les
premiers complimens, Dorval qui
avoit pris un ton sage et modeste, lui

dit : « J'ai toujours pensé que le bon-
» heur domestique fondé sur les dou-
» ceurs du lien conjugal pouvoit seul
» rendre heureux un honnête homme, »
et qu'il finit par demander la main
de Caliste, Monsieur de Béfort lui
répondit : « Je sais que le jour où
» l'on parla pour la première fois
» de ma bonne fille devant vous, vous
» fûtes le seul qui ne vous égayâtes
» pas sur son compte : je le sais, et je
» vous en ai su gré. » Dorval fut ravi,
mais nullement étonné. Il avoit, en
effet, évité de rire, aux dépens de
Caliste, avec les autres, par un effet
de cette prudence qui ne l'abandonnoit
jamais, et dont la pratique, dans tous
les cas où ses intérêts pouvoient de
loin ou de près être compromis, se
présentoit toujours avec une merveil-
leuse promptitude à son esprit. Dorval
n'eut pas de peine, comme on peut le

croire, à obtenir la main de Caliste,
et il ne parla plus dans le monde
que de son prochain mariage, disant
mille biens de sa future, la faisant
presque passer pour jolie et aimable,
ne concevant pas, disoit-il, comment
on avoit pu la dire laide; qu'elle n'étoit
point à la vérité une beauté, mais qu'elle
seroit d'une très-jolie tournure lorsqu'elle auroit acquis de l'usage, et que
sa timidité seule la faisoit passer pour
gauche et bornée. Au bout de trois
jours ces propos circulant de bouche
en bouche, firent de Caliste une charmante personne, et revinrent aux
oreilles du Marquis de Béfort, qui
croyant Dorval amoureux de sa fille,
dit dans la joie de son cœur: « Ce que
» c'est pourtant que l'amour ! Voilà
» ma pauvre fille qui en inspire. L'au-
» rois-je jamais imaginé ! Mon en-
» fant, » dit-il à Caliste, » je ne voulois

» te donner dans un mari qu'un pro-
» tecteur, et tu auras dans celui que
» le Ciel t'envoie, un amant. » Caliste
répondit : « Cela m'est bien égal,
» Papa. » Et *le Papa* essaya de lui faire
comprendre qu'il falloit désormais
s'accoutumer à trouver des réponses
moins niaises. La Marquise de Beau-
Bois n'entendoit plus parler que du
prochain mariage de Dorval : les uns
disoient qu'il épousoit un prodige de
laideur et de bêtise ; d'autres, une
beauté parfaite que son père, par
bizarrerie, avoit soustraite à tous les
regards et fait passer pour affreuse,
afin de ne la pas voir entourée de
la foule d'adorateurs qu'un pareil avantage, joint à son immense fortune, auroit attirés près d'elle.

La Baronne étoit revenue à Bois-
Fleury le soir de sa ridicule promenade aux Champs-Elysées, tellement

courroucée de tout ce qui s'y étoit
passé, qu'elle fut une heure avant de
pouvoir rien expliquer clairement à
Mélise. Cette dernière, sans comprendre un mot à la noirceur dont on
avoit voulu la rendre victime, ne
conçut cependant pas le plus léger
soupçon contre Edouard. Elle montra
à sa tante le billet par lequel il lui
apprenoit qu'il iroit avec la Marquise
au rendez-vous où l'Abbesse l'avoit
trouvé ; et Mélise ajouta : « Vous
» voyez qu'il me dit que l'Ambassadeur
» ira avec lui, et vous voyez qu'il y
» étoit en effet. » La vieille eut mille
peines à concevoir qu'en effet Edouard
n'avoit point trahi Mélise. « Cependant
» tout ceci va faire du bruit. Ah! ma
» nièce, ne concluez pas votre mariage
» avec Edouard, qu'il n'ait absolument
» cessé de voir la Marquise. Vous voyez
» aussi qu'elle cherche à lui donner

» de fâcheuses impressions sur vous ;
» car, si ce n'étoit pas elle qui eût dit à
» Edouard que vous deviez causer avec
» Dorval dans ces malheureux Champs-
» Elysées, pourquoi y seroit-il venu
» avec elle ? » Mélise, qui craignoit au-
dessus de tout un éclat, passa la nuit à
pleurer, à consulter sa tante et ses
cousines, et écrivit à huit heures du
matin à l'Ambassadeur de Suède, pour
lui faire part de ses alarmes, et pour
le conjurer de persuader à Edouard
qu'il étoit nécessaire, puisque tant
d'ennemis cachés conspiroient contre
son union avec elle, de retarder une explication définitive entr'eux, encore
de quelques jours. *Je vous ai promis*,
lui disoit-elle à la fin de sa lettre,
*de vous recevoir aujourd'hui, et je
vous attends à midi : j'ai eu l'honneur de vous dire que je vous re-
cevrois SEUL, et cependant je recé-*

vrai le comte d'Hasfeld. . . . Le jeune homme, transporté de joie, et cependant inquiet des retards que Mélise paroissoit vouloir encore lui faire éprouver, suivit son vénérable chef à Bois-Fleury. Mélise les reçut d'un air attendri, mais un peu peiné : enfin elle s'expliqua avec franchise, et fit part à Edouard de la résolution qu'elle avoit prise de ne se décider à rien avant d'être *sûre* que la Marquise eût absolument renoncé à lui. Edouard crut que Mélise le punissoit d'avoir reçu la visite de la Marquise, et se répandit en expressions de désespoir contre la fatalité de sa destinée, et en imprécations contre les ruses de la Marquise, dont il devinoit bien, disoit-il, la connivence avec Dorval pour le séparer de Mélise. Cette dernière exigea qu'on la laissât retourner à Belleville encore pour un mois, et pro-

mit de couronner les vœux d'Edouard,
à son retour, si on pouvoit lui prouver,
non qu'il eût définitivement rompu
avec la Marquise, mais que la Marquise eût renoncé à lui. Mélise ne
pouvoit encore comprendre que la
Marquise fût devenue en un instant
l'amante de Dorval : de pareilles choses
lui paroissoient impossibles. « Je pense
» toujours, » dit-elle à Edouard ;
« que lorsque vous avez cru entendre
» qu'elle adressoit des paroles d'amour
» à Dorval, elle lui répétoit des mots
» qu'elle vous avoit adressés, pour se
» plaindre à lui de la froideur avec
» laquelle vous y aviez répondu. »
Edouard, quoique désespéré, fut
encore obligé de se soumettre aux volontés de Mélise. Il ne pouvoit douter
de son amour, elle répandoit des tor-
rens de larmes en lui annonçant sa
résolution ; et Edouard obtint d'elle

qu'au bout du mois elle reviendroit,
non à Bois-Fleury, mais à Paris, et
décideroit alors définitivement de son
sort. Il jura que lui-même il iroit
passer ce temps-là loin de *Paris*, sans
instruire personne du lieu de sa retraite, afin que la Marquise ne pût l'y
poursuivre de ses méchancetés. « Non, »
dit Mélise, « car on vous croiroit
» en Picardie avec moi. — Venez
» habiter Bois-Fleury pendant l'ab-
» sence de Mélise, » dit la Baronne.
Edouard fit un cri de joie et accepta
avec transport. « Vous ne craignez
» pas de vous ennuyer avec moi et
» ma douce Isaure ? » dit madame
de Courcy. « M'ennuyer dans des
» lieux qui appartiennent à Mélise !
» Ah ! Dieu ! ici chaque chambre,
» chaque bosquet, chaque allée, est
» consacré par son souvenir enchan-
» teur. Privé d'elle, ah ! quelle plus

14

» douce consolation,puis-je goûter que
» d'en parler, d'être avec ses parentes,
» ses amies ? Tout ici m'est cher : ce
» métier, ce clavecin, cette guitare,
» elle a tout touché ; ces tableaux
» peints de sa main; ce cabinet..... »
ajouta-t-il à voix basse, en jetant à
Mélise un coup-d'œil passionné, qui,
en rappelant à la jeune veuve la scène
de la déclaration d'Edouard, fit battre
son cœur violemment. Les deux amans
se séparèrent. Mélise retourna à Belleville avec Adeline. Hasfeld, par respect pour son excellent protecteur, le
reconduisit jusqu'à Paris, prit quelques effets, son valet-de-chambre, et
retourna le soir même s'établir à Bois-
Fleury. Ce qui le combloit de joie,
ce n'étoit pas tant la proposition que lui
avoit faite la Baronne, de venir habiter
ce château, que l'approbation tacite
qu'avoit donnée Mélise à cet arrange-

ment, en n'y opposant aucune objec-
tion. Il sentoit bien que lui permettre
d'habiter pendant un mois sa campagne, quoiqu'elle en fût absente,
c'étoit comme avouer publiquement
que son mariage avec lui étoit arrangé;
et il en concluoit qu'elle étoit bien
décidée à unir son sort au sien.

Edouard obtint facilement de son
Ambassadeur la permission de ne se
rendre à Paris qu'aux heures où son
devoir l'appeloit auprès de lui, et de
passer tout le mois de l'absence de
Mélise auprès de ses bonnes parentes,
à lui écrire, à s'entretenir d'elle, à
lire avec amour les lettres qu'elle lui
écrivoit, quoiqu'elle n'y parlât jamais
de rien qui eût rapport au sentiment
qui les unissoit, et qu'elle ne répondît
que par des assurances d'amitié aux
protestations passionnées dont il rem-
plissoit les siennes. Mais, si cette

excessive réserve affligeoit Hasfeld,
les lettres de Mélise à l'Ambassadeur
l'en dédommageoient délicieusement.
Elle s'informoit à lui de l'état des choses
entre la Marquise et Edouard ; elle désiroit savoir si cette femme à qui elle
accordoit toujours, dans la pureté de
son cœur, des droits sur celui d'Edouard,
avoit véritablement cessé de l'aimer.
Enfin, elle ne cachoit point à l'Ambassadeur qu'elle accepteroit la main
du comte d'Hasfeld avec transport, si
elle n'avoit à redouter, ni de faire le
malheur d'une autre, ni de s'exposer à
ses plaintes. Le Comte et l'Ambassadeur écrivoient à Mélise que ni l'un ni
l'autre n'entendoient plus parler de la
Marquise, et que le dernier entretien qu'elle avoit eu avec Edouard
avoit mis fin à tous les rapports qui
avoient existé entre eux. Cependant
Mélise avoit mandé à l'Ambassadeur

qu'elle le prioit de lui expliquer
pourquoi, si effectivement madame de
Beau-Bois avoit été sincère en assurant Edouard qu'elle renonçoit à lui,
elle avoit été précisément le témoin
qu'Edouard avoit choisi pour aller
avec lui aux Champs - Elysées. Il
fallut bien avouer à Mélise que c'étoit
parce que la Marquise elle-même avoit
été dans cette occasion son accusatrice;
et comme Edouard croyoit son honneur engagé à ne point dévoiler cette
perfidie de la Marquise, cela fit que
l'Ambassadeur pensa qu'il devoit prendre sur lui d'en instruire Mélise, afin
de ne laisser aucun nuage dans son
esprit contre le jeune Comte. Alors
Mélise repassant toute cette affaire
dans sa tête, dit à sa cousine : « Je
» conçois, mon amie, comme le dit *le*
» *bon* Ambassadeur, qu'Edouard n'ait
» point voulu noircir à mes yeux une

» femme qu'il a aimée, d'un trait aussi
» odieux ; mais pourquoi ne m'a-
» t-il point écrit, sans nommer per-
» sonne, qu'on m'accusoit d'une hor-
» reur à laquelle je ne puis encore
» penser sans frémir ! Pourquoi ne
» m'en a-t-il informée qu'à l'heure
» même où il partoit pour cet odieux
» rendez-vous ? Auroit-il cru à cette
» calomnie ! —Mon Dieu ! » lui dit Adeline, « ne chicanez pas là-dessus,
» passez un peu de jalousie à un homme
» aussi amoureux que l'est Edouard.
» Vous-même, n'êtes-vous pas un peu
» jalouse de la Marquise ? Toutes les dé-
» marches qu'elle a faites pour ranimer
» l'amour d'Edouard, cette dernière
» méchanceté, imaginée pour le dé-
» tacher de vous, tout cela ne vous
» contrarie-t-il pas ? Pourquoi cette
» nouvelle épreuve, cette seconde
» absence ? C'est que la promenade

» que la Marquise a faite avec Edouard,
» quoique ce fût de la part de *votre*
» *amant* une démarche pour vous laver
» de tout soupçon aux yeux de vos
» accusateurs, et quoique l'Ambassa-
» deur en ait été, cette promenade
» excite en vous des sentimens jaloux
» qui vous tourmentent, malgré leur
» peu de fondement. Allons, chère
» cousine, ne revenez pas sur le passé,
» croyez-moi. Vous aimez Edouard,
» il vous adore, il est digne de vous: son
» digne ami vous assure que sa liaison
» passée avec la Marquise étoit une er-
» reur qu'il devoit abjurer tôt ou tard,
» et qui, en nuisant à sa gloire, ne pou-
» voit faire son bonheur; Edouard a
» jugé cette femme indigne, même du
» léger sentiment qu'elle lui inspira
» pendant quelque temps, lorsqu'il l'a
» vue s'unir d'intérêt avec Dorval pour
» vous nuire : je ne vois aucune raison,

» en vérité, de compter la Marquise
» pour rien dans votre histoire. Vous
» avez voulu fuir l'éclat ; vous avez
» cru devoir suivre la ridicule affaire
» des Champs - Elysées : j'ai craint,
» comme vous, que Dorval ne trouvât
» charmant de raconter son rendez-
» vous amoureux avec notre bonne
» tante ; mais il me paroît *prudent*,
» et peu curieux, de se mesurer avec
» le comte d'Hasfeld. Je pense qu'on
» ne parlera pas plus de cette bizarre
» aventure, qu'on n'en a parlé jusqu'à
» présent. —Il est vrai, » dit Mélise, »
« que l'Ambassadeur m'écrit : que per-
» sonne n'en a dit un mot ; que Dorval
» n'est occupé que de son prochain
» mariage, et qu'il ne sait rien de la
» Marquise, sinon qu'elle ne donne pas
» signe de vie à Edouard. — Allons, »
dit Adeline, « soyez généreuse : vous
» étiez partie pour un mois ; il y a huit

» jours que nous sommes ici, retour-
» nons dans huit jours à Paris. Faisons
» cette surprise à l'amoureux Edouard,
» que vous tourmentez en vérité pas-
» sablement. » Mélise approuva le plan
de sa chère Adeline, et elle lui sut gré,
en secret, de le lui avoir proposé. On
est toujours un peu honteux de revenir
de soi-même d'une résolution pénible,
prise avec courage, et annoncée avec
fermeté; et l'on est obligé à ceux qui,
en pareil cas, viennent à notre secours,
et qui, soit qu'ils nous devinent, ou
qu'ils abondent par hasard dans le sens
de notre désir secret, nous conseillent
ce que nous brûlons de faire sans l'oser.

Mélise adopta doucement l'idée de
faire de son retour à Paris, *une sur-*
prise, et espéra qu'Adeline mettroit
sa joie sur le compte de cette seule
circonstance; tant il est vrai que nos
cœurs aiment le mystère, et que

15

l'amour même le plus pur est accompagné d'une pudeur qui en rend, pour une femme délicate, l'aveu répété, véritablement pénible. Pendant que Mélise prenoit la résolution d'avancer l'époque de son retour auprès de son amant, la marquise de Beau-Bois concouroit involontairement à lever tout obstacle à leur union. Elle savoit le Comte d'Hasfeld établi à Bois-Fleury, et entendoit sans cesse parler dans le monde du prochain mariage de Dorval. Ce dernier étoit aussi parfaitement perdu pour elle qu'Edouard. C'est ce qu'elle croyoit ne devoir pas souffrir : son amour-propre étoit trop blessé de ces deux genres d'abandon; et persuadée que Dorval ne songeoit pas sérieusement à s'unir, pour la vie, à un objet aussi peu fait pour charmer, que mademoiselle de Béfort, elle pensa qu'il prendroit pour,

un véritable service , de l'amener à
sentir combien il valoit mieux pour
lui , de se venger de Mélise et du
comte d'Hasfeld à-la-fois , en s'atta-
chant absolument à elle, qu'en se sou-
mettant pour jamais, par pure envie de
piquer Mélise , au joug d'un hymen
désagréable et mal assorti. Elle avoit
encore l'idée de se venger de lui, s'il
rentroit dans ses chaînes. Elle comptoit
alors lui déclarer tout ce qu'elle avoit
d'aversion pour sa personne. Les
passions , sur-tout certaines passions ,
sont toujours de mauvais conseillers.
Comme Dorval ne venoit plus la voir
et ne lui écrivoit plus , ce qu'elle prenoit pour une bouderie qu'elle sentoit
bien mériter un peu , elle fit la gaucherie inconcevable de lui écrire une
de ces lettres où les reproches sont
prodigués en pure perte , lorsqu'une
femme les adresse à un homme qui

ne l'aime plus. Elle ajouta à ses plaintes
des détails qu'elle crut fort *touchans*,
sur la douleur profonde dont elle étoit
accablée depuis qu'il sembloit l'avoir
absolument oubliée, et sur-tout une
peinture pathétique du triste état
de santé où sa peine l'avoit réduite.
Cette lettre, adressée à un homme
délicat, n'eût été qu'une inconséquence;
mais écrite à Dorval, c'étoit une faute
grave. Aussi Dorval regarda-t-il comme
très-gai de faire lire les complaintes de
la Marquise à une douzaine d'amis,
trouvant délicieux que la nouvelle
des deux genres de succès qu'il venoit d'obtenir presqu'à-la-fois (son
mariage et la conquête de la Marquise), parvînt à Mélise pour lui
prouver qu'il ne pleuroit point la
perte de ses espérances auprès d'elle.
Dorval eut sur-tout grand soin que la
lettre de la Marquise tombât dans les

mains d'Edouard, et ce fut un des
amis de Dorval, qui, après l'avoir lue
à Edouard, ne fit aucune difficulté de
céder aux instances que le jeune
homme lui fit de la laisser entre ses
mains. Possesseur d'une pièce aussi
précieuse pour lui, Edouard alloit
mander à Mélise qu'il pouvoit lui
donner une preuve certaine de l'anéan-
tissement des droits de la Marquise
sur lui, lorsqu'à son grand étonnement on vint lui dire, à Bois-Fleury,
qu'un des gens de Mélise venoit d'an-
noncer à madame de Courcy et à
Isaure : « que madame la Comtesse
» étoit arrivée depuis une heure à
» Paris, qu'elle les attendoit dans son
» hôtel, et faisoit bien des compli-
» mens à monsieur le *Comte Suédois.* »
C'étoit tout ce qu'on avoit pu comprendre de la harangue du messager
de Mélise : il étoit accouru à franc

étrier, et assuroit que madame la Comtesse se portoit à merveille.

La tante se perdoit en conjectures sur un retour aussi inattendu ; elle crioit qu'on mît ses chevaux, sonnoit toutes les *sonnettes*, faisoit faire devant elle des paquets qu'elle redéfaisoit le moment d'après, refusoit au Comte d'Hasfeld de le mener sur-le-champ chez sa nièce ; tandis qu'Isaure prêchoit Edouard pour qu'il allât rejoindre son Ambassadeur. Elle lui promit de lui donner des nouvelles de Mélise, aussi-tôt qu'elle seroit auprès d'elle ; et l'amoureux Hasfeld, inquiet, enchanté et troublé à-la-fois, fit seller en hâte son cheval, et courut au galop chez le Baron de Rosen. C'étoit un jour de courrier ; Hasfeld même, sans la nouvelle de l'arrivée soudaine de Mélise, se seroit rendu auprès de lui ce jour-là, mais une heure plus tard. Ils ne pou-

voient s'absenter ni l'un ni l'autre de
la matinée, et ils se bornèrent à écrire
à Mélise pour lui exprimer leur joie et
leur étonnement de la savoir revenue à
Paris, en l'assurant du regret qu'ils
éprouvoient de ne pouvoir aller lui
faire leur cour sur-le-champ, et en
lui demandant la faveur de les recevoir
à cinq heures. Mélise répondit au Baron
de Rosen, qu'elle désiroit le voir d'abord
seul, et qu'elle invitoit Edouard à venir
passer la soirée chez elle avec lui.
Edouard se sentoit tourmenté et intrigué à l'excès; il eut mille peines à
ne pas travailler avec distraction aux
dépêches qui lui étoient confiées, et il
se mit presque aux genoux de l'Ambassadeur, lorsqu'il le vit prêt à partir
pour l'hôtel de Belleville, afin d'obtenir de lui la permission de l'y accom-
pagner. « Je resterai dans le jardin, »
dit-il, « dans la cour, dans l'anti-

» chambre, où vous voudrez ; mais
» accordez-moi le bonheur de pouvoir
» me jeter aux pieds de Mélise au
» moment où votre entretien particu-
» lier avec elle sera fini. J'ose en
» augurer favorablement pour mes
» espérances, puisqu'elle veut que
» j'aille chez elle ce soir. » L'excellent
vieillard sourit, et répondit, en serrant
la main du jeune homme : « Je ne sais
» rien refuser à mon enfant gâté. »

Arrivés chez Mélise, Edouard s'arrêta dans la pièce qui précédoit sa
bibliothèque : l'Ambassadeur y fut
introduit, et trouva Mélise avec sa
tante et ses cousines. Elle avoua franchement qu'elle étoit revenue d'après
le conseil d'Adeline. « Loin *de vous*
» *tous*, » dit-elle au Baron, « j'étois, je
» vous assure, fort malheureuse. —
» Voilà un joli compliment pour moi, »
s'écria Adeline, en riant. « Oui, mais

» il est charmant pour *nous tous*, » dit
le vieillard ; « et il faudroit que *nous*
» fussions *tous* ici pour vous en
» bien remercier. » Mélise sourit et
jeta un regard vers la porte : « Per-
» sonne ne nous écoute? » dit-elle. —
« Je ne crois pas, » répondit gaiement
l'Ambassadeur : « s'il y a quelqu'un là,
» je ne pense pas qu'il écoute aux
» portes. » Adeline raconta à l'Ambassadeur ce qu'elle avoit dit à sa cousine
au sujet de la liaison passée de la Marquise et d'Edouard ; et l'Ambassadeur
parla dans le sens d'Adeline. « Dorval
» se marie, » ajouta-t-il ; « Madame
» de Beau-Bois a donné une publicité
» affreuse pour elle, heureuse pour
» Edouard, à la flamme passagère dont
» elle brûla un instant pour Dorval. Voi-
» là ses prétendus droits sur Edouard
» absolument nuls. Devenez heureuse,
» *bonne* Mélise, en faisant le bonheur

» d'un homme qui vous adore et qui
» est digne de vous. » Mélise avoit
les larmes aux yeux, et rioit. Elle
tendit la main au Baron; et ouvrant
la porte avec vivacité : « Edouard! »
s'écria-t-elle. Edouard s'élança vers
elle. « Vous avez été si bon pour *nous*, »
dit - elle à l'Ambassadeur, en montrant Edouard ; « disposez de mon
» sort. » Edouard tombe aux pieds de
Mélise. « Je puis lever, » dit-il,
» tout ce qui pourroit vous rester de
» doutes. Voyez; lisez. » Il tenoit une
lettre à la main : dans son agitation il
la présentoit; et la vue de Mélise dont
il avoit été privé pendant si long-temps,
le plongeoit dans une ivresse qui le
mettoit hors de lui. Il se releva, pensa
l'étouffer en la serrant dans ses bras;
se jeta encore à ses pieds *pour recom-*
mencer, et finit par se jeter au cou de
la tante, qui en fit les hauts cris.

Enfin, la joie lui fit faire cent folies, qui prouvèrent à Mélise combien elle étoit aimée. Dans tous les mouvemens rapides qu'Edouard avoit faits, la lettre qu'il avoit offerte à Mélise étoit tombée. Elle voulut savoir ce qu'elle contenoit d'assez intéressant pour lever tous ses scrupules, et Hasfeld lui apprit que la Marquise l'avoit écrite à Dorval; que dans cette lettre elle ne parloit de lui Edouard, que comme d'un homme auquel elle avoit renoncé; se plaignant uniquement d'être abandonnée de Dorval, et lui jurant qu'elle n'aimoit que lui. « Par quel hasard » avez-vous cette lettre? » dit Mélise d'un air sévère, en la prenant des mains d'Hasfeld. — « Je la tiens d'un ami in- » time de Dorval, » répondit le jeune homme : « il me dit que Dorval lui » avoit permis de me la remettre, pour » me prouver que si on pouvoit l'aban-

» donner pour moi, on pouvoit aussi
» m'abandonner pour lui. » Mélise
rougit ; ensuite avec un calme parfait,
elle déchira cette lettre sans la lire. « Je
» vous excuse, » dit-elle au comte
d'Hasfeld , « de l'avoir lue ; vous
» pouviez y puiser des lumières pour
» diriger votre conduite envers la Mar-
» quise. Je vous excuse d'avoir voulu
» me la montrer ; mais je dois l'a-
» néantir, et il faut soutenir que jamais
» elle n'exista. Demandez une écri-
» toire ; et si vous écrivez ce que je
» vais vous dicter, je suis à vous. »
Edouard vola, et revint avant que
l'Ambassadeur, *muet d'étonnement*,
pût dire un seul mot. Hasfeld s'assit,
et Mélise dicta ce qui suit : *Je suis faché*
de vous affliger ; mais je dois vous
dire que la lettre que vous avez écrite
mardi à Dorval, est tombée dans mes
mains. Soyez tranquille, je l'ai brûlée.

vous avez commis une grande imprudence, et qui auroit pu avoir des suites
désagréables pour vous. J'ai été assez
heureux pour les prévenir. J'épouse
Mélise ; je lui ai dit que vous étiez
mon amie, et elle me charge de vous
prier de venir nous voir souvent lorsque nous serons mariés : d'ici à
cette heureuse époque, elle ira vous
offrir son amitié. « Femme divine ! »
dit Edouard en se prosternant devant
Mélise. L'Ambassadeur attendri, la
prit dans ses bras : « Ame noble, »
ajouta-t-il, « l'époux qui ne vous
» rendroit pas heureuse, seroit un
» monstre.—Non, » reprit Hasfeld avec
feu, « il ne sera pas dit, ma bien-
» aimée, que vous me ferez honneur
» d'une action généreuse que je n'ai
» pas faite : j'écrirai à la Marquise que
» je voulois vous montrer sa lettre, et
» que c'est vous qui... —Point du tout,

» cher Edouard, » dit Mélise, « il
» faut qu'elle ignore que je puis ne pas
» l'estimer, et que je sais d'elle autre
» chose que *son amitié* pour vous... »
Trois jours se passèrent sans que ni
Edouard ni Mélise n'entendissent parler de la Marquise. Edouard la croyoit
partie pour quelque campagne éloi-
gnée ; Mélise la croyoit malade, et la
Baronne soutenoit qu'elle avoit rompu
le mariage de Dorval, et s'étoit rac-
commodée avec lui.

Un matin Mélise étoit seule, rêvant
délicieusement à la soirée de la veille,
qu'elle avoit passée avec Edouard, et
au moment où elle le reverroit; il
étoit onze heures, elle ne le recevoit
qu'à trois, et alors il ne sortoit plus
de chez elle qu'à minuit. Sa cousine
Adeline avoit quitté Bois-Fleury pour
venir demeurer chez elle à Paris, et la
plaisantoit sur ce qu'il y avoit encore

quatre mortelles heures jusqu'à celle
où le comte d'Hasfeld viendroit. « Que
» ferez-vous jusque-là? » lui dit-elle,
» car vous n'êtes plus capable de vous
» occuper de rien lorsqu'il n'est pas
» ici ? » Au moment où elle achevoit
cette phrase, on vint dire à Mélise
qu'une femme voilée et vêtue de noir
demandoit à la voir *seule*. Après quelques questions au sujet d'une si étrange
visite, elle consulta Adeline, qui fut
d'avis de faire dire à cette inconnue
que Mélise la recevroit en présence
de sa plus intime amie, mais ne pouvoit la voir qu'en sa présence. Et
comme elle se perdoit en conjectures
sur ce que pouvoit être cette personne,
sans que la vérité se présentât à son
esprit non-plus qu'à celui d'Adeline,
on vit entrer une femme grande et
bien faite, qui, aussitôt que le domestique fut sorti, prit avec vivacité les

mains de Mélise et s'écria en sanglo-
tant: « Que vais-je vous dire, Madame?
» dans quelle humiliante posture il fau-
» droit vous faire les aveux que je vous
» dois ! — Madame de Beau-Bois ! »
dit Mélise, qui la devina sur - le-
champ. « Hélas! oui; » dit la Marquise en ôtant son voile et couvrant
son visage de ses mains. Ces *deux*
mouvemens si contradictoires retinrent
Adeline qui alloit sortir, et elle jeta
sur sa cousine un regard effrayé; mais
Mélise lui dit : « Adeline, laissez-nous ;
» la Marquise peut en effet désirer
» me voir seule.» Adeline, qui voyoit
à la Marquise un air égaré, hésitoit.
« Ne craignez rien, » lui dit Madame
de Beau-Bois; » vous me croyez mé-
» chante, furieuse, capable de tous
» les excès auxquels la jalousie peut
» porter ; car sûrement vous savez
« tout , » dit - elle avec amertume ;

» l'affreux Dorval ne m'aura pas épar-
» gnée; » et retenant fortement par le
bras Adeline qui se retiroit, «Non, »
dit-elle : « vous êtes son amie, » mon
trant Mélise, « écoutez le récit de mes
» fautes, entendez les cris de mes re-
» mords. Je formai avec Edouard,
» avant de l'aimer, une liaison cou-
» pable ; ce n'étoit pas la première,
» il le savoit ; et il ne s'attacha à moi
» qu'autant qu'un homme délicat s'at-
» tache à une femme qu'il ne peut es-
» timer. » Mélise, profondément touchée, prit les mains de la Marquise,
et les serra dans les siennes, en baissant
la tête comme si elle-même eût eu à
rougir.

Une ame honnête souffre même des
mortifications du vice, et un cœur
sensible compâtit à la souffrance du
repentir qui s'accuse courageusement.
« Depuis, » continua la Marquise d'une

16

voix altérée par l'attendrissement que
lui causoit la bonté de Mélise, « j'ai
» profondément, passionnément aimé
» Edouard; mais jamais il n'a cru à la
» vérité de mon sentiment : les hommes
» peuvent-ils, en effet, jamais se per-
» suader que les femmes coquettes et
» sans principes sachent aimer ! Cepen-
» dant j'idolâtrois Edouard, je l'idolâ-
» trois alors même que je le trahissois,
» pour triompher de l'amour que
» Dorval avoit pour vous. — C'est in-
» concevable, » interrompit Adeline
d'un ton indigné. Mélise la regarda d'un
air sévère, et la jeune fille rougit et
baissa les yeux. « Inconcevable, en
» effet, » reprit la Marquise; « mais qui
» pourroit comprendre ou expliquer
» les manies de la coquetterie! Croyez-
» moi, Mademoiselle, les égaremens
» honteux d'une imagination déréglée
» sont les seules causes de nos écarts

» toujours méprisables. L'amour a une
» ivresse, mais n'a point de délire. Un
» sentiment pur chez un être honnête
» ne l'entraînera pas hors du sentier
» de la vertu. — Vous serez mon
» amie, » dit Mélise, « votre ame
» n'est point corrompue. » Et elle la
serra dans ses bras. Edouard entra
dans ce moment, et demeura pétrifié.
« C'est un ange, » lui cria la Marquise
en montrant Mélise; « je lui ai tout
» avoué, je ne suis plus digne de
» vous : je ne le fus jamais, je ne suis
» digne de devenir l'épouse d'aucun
» homme. Je me fais horreur à moi-
» même. Je vais fuir le monde, un
» couvent dérobera à tous les yeux
» celle que la honte et les remords
» accablent. Vous serez mon amie !
» avez-vous daigné me dire, » en
s'adressant à Mélise : « j'espère me
» rendre digne de ce titre glorieux.

» Soyez assez bonne pour venir me
» voir dans la retraite que j'ai choisie.
» Edouard, je vous ai toujours aimé,
» même au moment où je fus le plus
» coupable ; je vous aimerai toujours,
» et je n'éprouverai quelque consola-
» tion, que quand je vous saurai heu-
» reux avec cette femme charmante que
» vous méritez. Mélise, Edouard est
» l'honneur, la délicatesse, la bonté
» même ; je n'ose appeler les béné-
» dictions du Ciel sur vous et sur lui ;
» mais je désire qu'un être plus fait
» pour être exaucé les demande et
» vous les obtienne. »

Elle sortit avec précipitation au
moment où Hasfeld alloit lui offrir,
du fond de son cœur, la plus tendre
amitié. Cette journée fut pénible pour
les deux amans. Edouard n'avoit pas à
se reprocher les fautes de la Marquise :
d'après l'aveu même de cette femme

coupable, elle avoit abandonné la vertu
bien avant de connoître Edouard ; mais
l'idée de ses souffrances, le souvenir
de ses aveux, attristoient deux êtres
sensibles qui eussent désiré que leur
félicité fût celle de tout ce qui les
connoissoit. Cependant, quelque touchée que fût Mélise du sort de la
Marquise, elle sentoit que l'infidélité
passagère qu'elle avoit faite au Comte,
mettoit une barrière éternelle entre elle
et lui. Consolée par cette certitude,
se reprochant la satisfaction qu'elle en
éprouvoit, sa compassion pour la Marquise ressemblant trop à de la reconnoissance, elle lui vouoit un sincère
attachement, comme une juste rétri-
bution. Cependant elle fut triste tout
le jour, et voulut absolument aller voir
la Marquise dans la soirée. Elle quitta
Edouard pour faire cette bonne œuvre,
et causa à la Marquise un vif transport

de satisfaction. Mélise la trouva
seule, et occupée à mettre en ordre des
papiers : son appartement étoit dé-
meublé, et tout annonçoit chez elle
les préparatifs d'un départ. Mélise
essaya de la détourner de fuir le
monde. « Eh! qu'y ferois-je, » dit la
Marquise, « après l'éclat par lequel
» Dorval m'a perdue? Et j'avoue que
» mon but, qui n'étoit pas celui qui
» se montre, le mérite. Il a pris pour
» une preuve d'amour, ce qu'il auroit
» bientôt reconnu pour une preuve de
» haîne. Il m'en a punie comme s'il
» m'avoit devinée. Jusqu'ici mes
» erreurs ne m'avoient pas encore
» ouvertement déshonorée; mais à
» présent.... mon opprobre est public.
» — Ah, vous étiez faite pour la
» vertu, » répondit Mélise; « vivez
» près de nous; abjurez le projet de
» vous renfermer dans un cloître; vous

» êtes jeune encore, vous avez le temps
» de reconquérir l'estime. Au milieu
» de Paris, vous pouvez vivre très-
» retirée tant qu'il vous plaira. —
» Hélas! » dit la Marquise, « une
» retraite qui ne m'offriroit pas les
» occupations auxquelles l'état mo-
» nastique soumet, seroit un insuppor-
» table fardeau pour moi. Jamais je
» n'ai su m'occuper, et voilà ce qui
» m'a perdue. Chère Mélise, je ne
» veux point chercher à excuser ce
» qui n'est pas excusable ; mais si vous
» saviez quelle a été l'éducation que
» j'ai reçue, vous me trouveriez peut-
» être moins blâmable. Je perdis ,
» jeune, mon père et ma mère : mon
» tuteur, homme sage jusque-là,
» épousa, lorsque j'eus atteint l'âge de
» douze ans, une jeune femme, frivole
» et coquette, dont il devint l'esclave.
» Elle me prit dans sa maison, ne me

» donna que des maîtres d'agrément,
» me fit briller d'abord dans les fêtes
» qu'elle avoit chez elle, et lors-
» que je fus moins enfant, dans toutes
» celles auxquelles elle alloit. Ah! si
» vous saviez ce que peuvent des
» exemples dangereux! si vous pou-
» viez vous imaginer le funeste effet
» de ces maximes pernicieuses, de
» ces sophismes ingénieux dont l'in-
» conduite se sert pour excuser l'oubli
» des principes, vous comprendriez
» comment je les dédaignai, au milieu
» d'une société qui ne se plaisoit qu'à
» vanter les plaisirs du grand monde,
» livrée au tourbillon, sous les yeux
» d'une institutrice qui en parois-
» soit idolâtre ! Je pensois qu'elle
» me jetoit dans la vraie route du
» bonheur en me mariant, à quinze
» ans, avec un jeune homme enivré lui-
» même des plaisirs qui nous occu-

» pèrent constamment tous deux. Il
» mourut un an après notre mariage,
» me laissant veuve, sans enfant,
» et maîtresse de moi-même. Alors je
» me livrai à mes fantaisies, sans rien
» craindre, sans rien respecter. Je
» parcourus, seule, presque l'Europe
» entière; j'allai à toutes les eaux,
» à tous les endroits où l'on trouvoit
» beaucoup de monde réuni, beau-
» coup de fêtes et de bruit; je me
» donnai partout l'air et la réputation
» d'une aventurière; et la soif effrénée
» des conquêtes, qui me dominoit
» tous les jours davantage, m'égara
» jusqu'à l'instant où j'aimai Edouard
» sincèrement. C'étoit la première
» fois que j'aimois, et cependant com-
» bien d'hommes n'avois-je pas déjà
» assurés de mon amour! Si Edouard
» eût été le premier objet de mon
» attention, comme il le fut du pre-
» mier sentiment vrai que j'éprouvai,

17

» jamais je ne l'eusse trahi ; mais
» l'habitude de la coquetterie, prise
» depuis tant d'années.... Mélise, plai-
» gnez-moi, et n'essayez plus de me
» faire renoncer à la vie pénitente
» que je m'impose, et que je dois
» embrasser. »

Mélise sortit de chez la Marquise, très-attendrie. Elle voulut la
revoir le jour suivant. Elle y mena
Edouard, et les deux amans obtinrent
enfin avec peine qu'elle entrât d'a-
bord dans un couvent comme pen-
sionnaire. Mélise sentoit qu'Edouard
pourroit en quelque sorte s'attribuer
un sacrifice dont Dorval ne fit que rire,
car les gens frivoles rient des efforts
de la vertu, et elle ne pouvoit s'empêcher de se le reprocher. Aussi, souvent elle alla visiter sa nouvelle amie.
La Marquise devint parfaitement digne
de ce titre, et les touchantes consola-
tions de la religion versant tous les jours

un baume nouveau sur les plaies de
son cœur, finirent par les cicatriser, et
la déterminer à se consacrer entière-
ment à son culte sublime; elle prit le
voile deux ans après le mariage d'E-
douard et de Mélise. Celui de Dorval ne
se fit pas. Le père de Caliste entendit
parler de l'odieuse conduite que Dorval
avoit tenue envers la Marquise, il rom-
pit avec lui, et préféra de donner Caliste
à un homme d'un âge mûr, qui vivoit
dans ses terres. Dorval fut obligé de
quitter Paris, où toutes les portes des
maisons estimables lui furent fermées;
car s'il existe des sociétés où le vice
sans masque est toléré, grâce au Ciel
elles sont en si petit nombre, que
l'homme, sûr de n'être reçu que dans
celles-là, doit renoncer à vivre dans
le monde. Dorval voyagea, ne fut
estimé nulle part. Il avoit partout
l'air d'un homme qui se fuit lui-même,
et il fut malheureux le reste de ses

jours, de savoir la Comtesse d'Hasfeld parfaitement *heureuse* avec un époux qui ne cessa jamais de l'adorer. Mélise, dans l'espace de vingt ans, fit trois voyages en Suède : elle passa dix années de suite à Paris, où son mari fut tout ce temps-là Ambassadeur ; et lorsqu'elle maria sa fille Elise, l'aînée des six enfans dont le Ciel bénit son heureuse union, elle lui raconta son histoire, en lui disant : « Vois, mon enfant, » ce qui a perdu la Marquise, et ob- » serve que la franchise de ton père » et la mienne ont triomphé des ruses » et des artifices d'un homme aussi » adroit et aussi fin que Dorval. Cela » te confirmera ce que nous t'avons » toujours répété : que la confiance et » la bonne foi peuvent seules assurer » le bonheur. »

IMPRIMERIE DE P. GUEFFIER.

www.ingramcontent.com/pod-product-compliance
Lightning Source LLC
Chambersburg PA
CBHW051833020726
47502CB00005B/1764